国家古籍整理出版专项资助项目

中国古典文学读本丛书典藏

元好问诗选

郝树侯 选注

人民文学出版社

图书在版编目（CIP）数据

元好问诗选/郝树侯选注. —北京：人民文学出版社，2021
（中国古典文学读本丛书典藏）
ISBN 978-7-02-016757-9

I. ①元… Ⅱ. ①郝… Ⅲ. ①古典诗歌—诗集—中国—元代 Ⅳ. ①I222.747

中国版本图书馆 CIP 数据核字（2020）第 253283 号

责任编辑　张梦笔　李　俊
装帧设计　陶　雷
责任印制　王重艺

出版发行　人民文学出版社
社　　址　北京市朝内大街 166 号
邮政编码　100705

印　　刷　三河市鑫金马印装有限公司
经　　销　全国新华书店等

字　　数　119 千字
开　　本　880 毫米×1230 毫米　1/32
印　　张　4.875　插页 3
印　　数　1—6000
版　　次　1959 年 4 月北京第 1 版
印　　次　2021 年 7 月第 1 次印刷

书　　号　978-7-02-016757-9
定　　价　26.00 元

如有印装质量问题,请与本社图书销售中心调换。电话:010-65233595

目　录

阳兴砦[1]

乱石通樵径[2],重岗拥戍城[3]。山川带淳朴[4],鸡犬见升平[5]。雨烂沙仍软,秋偏气自清。年年避营马,几向此中行。由州入府[6],避骑兵夺马者,多由此路。

〔1〕阳兴砦(zhài 寨),即今山西阳曲县阳兴镇,在系舟山南麓。金宣宗贞祐元年(公元一二一三年)秋,蒙古军三路南下,山东、河北、河东(今山西)都遭受蹂躏;次年三月,蒙古军屠忻州(今山西忻州市)城。这首诗和《石岭关书所见》,都反映出当时战乱的景象和作者的悲愤心情。

〔2〕径:小路。

〔3〕戍:守。驻扎军队的地方,叫做戍城。

〔4〕淳朴:淳厚质朴。

〔5〕升平:社会安定。何休疏《公羊传》,有太平世、升平世、据乱世之说。

〔6〕州:指忻州。府:指太原府。

石岭关书所见[1]

轧轧旃车转石槽[2],故关犹复戍弓刀[3]。连营突骑红尘暗[4],微服行人细路高[5]。已化虫沙休自叹[6],厌逢豺虎欲安逃[7]?青云玉立三千丈[8],元只东山意气豪[9]。

〔1〕石岭关在太原北一百里,当忻州到太原的要冲。

〔2〕轧轧:车行的声音。毹:与氍同。用毛毡做车棚、车围的,叫做毹车。

〔3〕犹复:还是,仍是。

〔4〕骑(jì):马兵。突骑,急行的马兵。

〔5〕微服:便装。

〔6〕虫沙:周穆王南征,三军之众,一朝尽化。君子为猿为鹤,小人为虫为沙(见《抱朴子》)。

〔7〕豺虎:指蒙古南征军。

〔8〕玉立:形容纯洁和突出。

〔9〕元只:从来只有。东山:指系舟山。末二句赞美祖国河山的雄豪。

梁园春五首车驾迁汴京后作〔1〕

军从南去三回胜,雪自东来二尺强。今岁长春多乐事,内家应举万年觞〔2〕。长春,德陵诞节名〔3〕。

暖入金沟细浪添,津桥杨柳绿纤纤。卖花声动天街远,几处春风揭绣帘。

上苑春浓昼景闲〔4〕,绿云红雪拥三山。宫墙不隔东风断,偷送天香到世间。

楼观沉沉细雨中〔5〕,出墙花木乱青红。朱门不解藏春色,燕宿莺喧处处通。

双凤箫声隔彩霞,宫莺催赏玉溪花。谁怜丽泽门边柳,瘦倚东风望翠华〔6〕。龙德宫有玉溪馆。丽泽,燕都西门名。

〔1〕金宣宗为要逃避蒙古军的袭击,决意迁都。贞祐二年五月,从中都(今北京)出发,七月间到达南京(今开封)。作者感到宣宗南渡,汴梁大为生色,但此后的中都,必然日趋萧条;而"雪自东来二尺强",更喻意着蒙古南征军力量的强大与金朝的岌岌可危。

〔2〕内家:宫人。觞(shāng商):酒杯。

〔3〕德陵:金宣宗葬于德陵。此注或系后来所加。

〔4〕上苑(yuàn院):皇帝的花园。

〔5〕观(guàn惯):古代宫门前的建筑,登其上,可以远观,故名为观(《古今注》)。沉(chén陈)沉:雨大的样子。

〔6〕翠华:天子的旗,以翠羽为饰。

杂诗六首道中作〔1〕(六首选二)

隆州兵骑往来冲〔2〕,客路灰郊更向东〔3〕。大似天教浣尘土〔4〕,数程都在水声中。

悬崖飞瀑骇初经〔5〕,白玉双龙击迅霆〔6〕。却恨暑天行过速,不曾赤脚踏清泠〔7〕。

〔1〕从这二首"客路灰郊更向东"、"不曾赤脚踏清泠"来看,很像是作者青年时期,由忻到豫,路过祁县所作。其它四首,有的又似晚年的作品。大约这六首诗不是成于同一时期。

〔2〕隆州:今山西祁县。其东南盘陀峪为通河南的大道,夏天雨后,常有瀑布。

〔3〕灰郊:盘陀峪为灰砂岩,所以称为灰郊。

〔4〕浣(huàn 换):洗。

〔5〕骇(hài 害):惊。

〔6〕白玉:水色的比喻。双龙:水势的比喻。迅霆:急雷,形容瀑布声。

〔7〕泠(líng 零):清凉。

过晋阳故城书事〔1〕

惠远祠前晋溪水〔2〕,翠叶银花清见底〔3〕。水上西山如卧屏〔4〕,郁郁苍苍三百里〔5〕。中原北门形势雄,想见城阙云烟中〔6〕。望川亭上阅今古〔7〕,但有麦浪摇春风〔8〕。君不见系舟山头龙角秃〔9〕,白塔一摧城复没。薛王出降民不降〔10〕,屋瓦乱飞如箭镞〔11〕。汾河决入大夏门,府治移着唐明村〔12〕。只从巨屏失光彩〔13〕,河洛几度风烟昏〔14〕!东阙苍龙西玉虎〔15〕,金雀觚棱上云雨〔16〕。不论民居与官府,仙佛所庐余百所。鬼役天财千万古,争教一炬成焦土〔17〕!至今父老哭向天,死恨河南往来苦〔18〕。南人鬼巫好机祥〔19〕,万夫畚锸开连冈〔20〕。官街十字改丁字〔21〕,钉去声破并州渠亦亡〔22〕!几时却到承平了,重看官家筑晋阳。

〔1〕故城,旧城。晋阳故城遗址在今山西太原市晋源镇附近。晋阳

4

城创建于春秋时,自古为防御来自北方的侵扰者的重镇。唐代大加扩建,定为北都,城周围凡四十里。五代末年,北汉建都在这里。公元九七九年(宋太宗太平兴国四年),北宋平北汉后,采用焚烧、决水的毒辣手段,把这城彻底破坏。根据"几时却到承平了"来推断,这首诗应是元好问初期的作品。作者登悬瓮山,望见晋阳故城,深致慨于赵宋毁灭晋阳的失策,并谴责其毁灭晋阳时给予人民的灾难。

〔2〕惠远祠:即太原市西南的晋祠。晋祠西有悬瓮山,晋水发源于此。晋溪:晋水。

〔3〕翠:青绿色。晋水渠中有苹草,冬夏常绿,所以用"翠叶"来形容。银花:比喻晋水的洁白。

〔4〕西山:指悬瓮山。

〔5〕郁郁:山势雄壮貌。

〔6〕阙:宫门;宫观。

〔7〕望川亭:在悬瓮山顶。今遗址尚存。

〔8〕麦浪:风吹麦摇好像波浪一样。

〔9〕系舟山:在太原市北一百余里。北宋统治者以晋阳为"龙城",系舟山高峙其北,正是"龙头"。所以毁晋阳后,又把系舟山的山顶铲平,拔掉"龙角"。

〔10〕薛王:北汉主刘继元。继元本薛钊子,刘承钧养为己子,以后继承王位,故称薛王。

〔11〕镞:箭头。

〔12〕治:古代地方长官的驻地叫做治。府:指太原府。唐明村,原在今太原市大南门街以西。现在的太原市就是从公元九八二年以后在唐明村的基础上发展而来。

〔13〕屏:古人于门内外修置小墙,叫做"屏",引申为"屏障"、"屏藩"。巨屏,指晋阳城是北方的巨大屏障。

〔14〕河洛:黄河、洛水,意指河南。几度:几次。两句是说由于赵宋毁灭晋阳,当金军南进时,北方失掉这一屏障,终于导致出汴京失陷、徽钦二帝被虏。

〔15〕苍龙、玉虎:宫殿上的雕像。

〔16〕金雀觚棱:班固《西都赋》:"上觚棱而栖金爵。"爵,同雀。觚(gū 孤),棱角。全句形容建筑的高大和雕刻的精致。

〔17〕争:与"怎"同。炬:火把。

〔18〕"至今"二句:公元九七六年,赵宋第二次进攻北汉,由于晋阳城的坚守未下,它就把北汉三四万居民,掠往河南。

〔19〕"南人"句:《吕氏春秋》:"荆人鬼而越人机。"巫,古代掌管祈祷者。机,与祥字同。古人对吉凶的预兆都称做"祥"。全句指斥赵宋讲究迷信。

〔20〕畚(běn 本):盛土器。锸(chā 插):锹。

〔21〕"官街"句:赵宋于公元九八二年新建太原城时,为了斩断"龙脉",街道都作丁字形。

〔22〕渠:同他、它。

三乡杂诗〔1〕(三首选二)

梦寐沧洲烂漫游〔2〕,西风安得钓鱼舟?薄云楼阁犹烘暑〔3〕,细雨林塘已带秋。

尖新秋意晚晴中,六尺筇枝满袖风〔4〕。草合断桥通暗绿,竹摇残照漏疏红。

〔1〕贞祐四年(公元一二一六年)二月,蒙古兵围太原,这年,好问奉母南渡,寓居三乡。三乡在今河南宜阳县西九十里。

〔2〕寐:睡,息。沧洲:水滨。烂漫:消散。

〔3〕薄:近。烘:暖,烤。

〔4〕筇(qióng 琼):竹名,产于四川,可以为杖。

八月并州雁三乡时作〔1〕

八月并州雁,清汾照旅群〔2〕。一声惊晚笛,数点入秋云。灭没楼中见,哀劳枕畔闻〔3〕。南来还北去,无计得随君!

〔1〕周以今晋中以北及保定一带为并州,汉以今山西及陕北一带为并州,北朝至唐以今山西太原附近地区为并州。后世以并州作为山西的简称。这诗作者借描写雁群,表达怀念故乡的情感。

〔2〕汾:汾水。

〔3〕哀劳:雁的鸣声(今晋北仍呼雁鸣声为 a láo)。

老 树

老树高留叶,寒藤细作花。沙平时泊雁〔1〕,野迥已攒鸦〔2〕。旅食秋看尽,行吟日又斜。干戈正飘忽,不用苦回家〔3〕!

〔1〕泊:停留。

〔2〕迥（jiǒng炯）：寥远。攒（cuán窜阳平）：聚。

〔3〕回：一本作"思"。

永宁南原秋望〔1〕

浩浩西风入敝衣〔2〕，茫茫野色动清悲〔3〕。洗开尘涨雨才定，老尽物华秋不知〔4〕。烽火苦教乡信断，砧声偏与客心期〔5〕。百年人事登临地，落日飞鸿一线迟。

〔1〕永宁，今河南洛宁县。元好问《竹林禅院记》："南原当大川之阴，壤地沃衍，分流交贯，嘉木高荫，良谷美稷，号为河南韦杜。"

〔2〕浩浩：水大貌。此处形容风声。

〔3〕茫茫：广大貌。

〔4〕物华：万物的精华。

〔5〕砧（zhēn真）：捣衣石。

春日

里社春盘巧欲争〔1〕，裁红晕碧助春情〔2〕。忽惊此日仍为客，却想当年似隔生。贫里虀盐怜节物〔3〕，乱来歌吹失欢声。南州剩有还乡伴，戎马何时道路清？欧阳詹《春盘赋》"裁红晕碧，巧助春情"为韵。

〔1〕春盘:唐人于立春日,作春饼、生菜,号春盘(《四时宝鉴》)。

〔2〕晕:卷(《释名》)。

〔3〕虀(jī 机):盐菜,调料面。

论诗三十首丁丑岁三乡作〔1〕

汉谣魏什久纷纭〔2〕,正体无人与细论。谁是诗中疏凿手〔3〕,暂教泾渭各清浑〔4〕。

曹刘坐啸虎生风〔5〕,四海无人角两雄〔6〕。可惜并州刘越石〔7〕,不教横槊建安中〔8〕。

邺下风流在晋多〔9〕,壮怀犹见缺壶歌〔10〕。风云若恨张华少〔11〕,温李新声奈尔何〔12〕?钟嵘评张华诗,恨其儿女情多,风云气少。

一语天然万古新,豪华落尽见真淳〔13〕。南窗白日羲皇上〔14〕,未害渊明是晋人〔15〕。柳子厚,晋之谢灵运;陶渊明,唐之白乐天。

纵横诗笔见高情,何物能浇魄磊平〔16〕。老阮不狂谁会得〔17〕,出门一笑大江横。

心画心声总失真〔18〕,文章仍复见为人〔19〕。高情千古《闲居赋》〔20〕,争信安仁拜路尘〔21〕!

慷慨歌谣绝不传〔22〕,穹庐一曲本天然。中州万古英雄气,也到阴山敕勒川〔23〕。

沈宋横驰翰墨场〔24〕,风流初不废齐梁〔25〕。论功若准平吴例〔26〕，合着黄金铸子昂〔27〕。

斗靡夸多费览观〔28〕，陆文犹恨冗于潘〔29〕。心声只要传心了，布谷澜翻可是难〔30〕。陆芜而潘净，语见《世说》。

排比铺张特一途〔31〕，藩篱如此亦区区〔32〕。少陵自有连城璧〔33〕，争奈微之识砆砆〔34〕。事见元稹《子美墓志》。

眼处心生句自神，暗中摸索总非真。画图临出秦川景〔35〕，亲到长安有几人〔36〕？

望帝春心托杜鹃，佳人锦瑟怨华年〔37〕。诗家总爱西昆好〔38〕，独恨无人作郑笺〔39〕。

万古文章有坦途〔40〕，纵横谁似玉川卢〔41〕？真书不入今人眼，儿辈从教鬼画符〔42〕。

出处殊途听所安，山林何得贱衣冠〔43〕？华歆一掷金随重〔44〕，大是渠侬被眼谩〔45〕。

笔底银河落九天〔46〕，何曾憔悴饭山前〔47〕。世间东抹西涂手，枉着书生待鲁连〔48〕。

切切秋虫万古情，灯前山鬼泪纵横。鉴湖春好无人赋〔49〕，岸夹桃花锦浪生。

切响浮声发巧深〔50〕，研摩虽苦果何心！浪翁水乐无宫徵〔51〕，自是云山韶濩音〔52〕。水乐，次山事。又其《欸乃曲》云："停桡静听曲中意，好似云山韶濩音。"

东野穷愁死不休〔53〕，高天厚地一诗囚。江山万古潮阳笔〔54〕，合在元龙百尺楼〔55〕。

万古幽人在涧阿〔56〕，百年孤愤竟如何？无人说与天随子〔57〕，春草输赢校几多？天随子诗："无多药草在南荣，合有新苗次第生。稚子不知名品上，恐随春草斗输赢。"

谢客风容映古今〔58〕，发源谁似柳州深〔59〕？朱弦一拂遗音在，却是当年寂寞心。

窘步相仍死不前〔60〕，唱酬无复见前贤〔61〕。纵横正有凌云笔，俯仰随人亦可怜〔62〕。

奇外无奇更出奇，一波才动万波随。只知诗到苏黄尽〔63〕，沧海横流却是谁〔64〕？

曲学虚荒小说欺〔65〕，俳谐怒骂岂诗宜〔66〕？今人合笑古人拙〔67〕，除却雅言都不知〔68〕。

有情芍药含春泪，无力蔷薇卧晚枝〔69〕。拈出退之《山石》句〔70〕，始知渠是女郎诗〔71〕。

乱后玄都失故基〔72〕，看花诗在只堪悲〔73〕。刘郎也是人间客，枉向东风怨兔葵〔74〕。

金入洪炉不厌频，精真那计受纤尘。苏门果有忠臣在，肯放坡诗百态新〔75〕。

百年才觉古风回〔76〕，元祐诸人次第来〔77〕。讳学金陵犹有说〔78〕，竟将何罪废欧梅〔79〕？

古雅难将子美亲〔80〕，精纯全失义山真〔81〕。论诗宁下涪翁拜〔82〕，未作江西社里人〔83〕。

池塘春草谢家春〔84〕，万古千秋五字新。传语闭门陈正字〔85〕，可怜无补费精神！

撼树蚍蜉自觉狂〔86〕，书生技痒爱论量。老来留得诗千首，却被何人校短长?

〔1〕丁丑为金宣宗兴定元年(公元一二一七年),元好问这年二十八岁。这三十首诗,将从汉魏至唐宋的主要诗家以及流派,做了概括性的批评。表现出诗人的卓越见解。

〔2〕"汉谣"句:什,《诗经》的雅颂,以十篇为一卷,所以诗篇也称做"什"。《宋书·谢灵运传》说:"自汉至魏,文体三变。"

〔3〕疏凿:疏通开凿。

〔4〕泾渭:泾水浊,渭水清,所以分别清浊称做"泾渭"。

〔5〕曹刘:曹植、刘桢,建安诗人。

〔6〕角:斗。

〔7〕刘琨:字越石,西晋时官并州刺史,据守晋阳,抵抗匈奴。世称其诗有"清刚之气"。

〔8〕槊(shuò 硕):长矛。建安:汉献帝年号。其时诗人,有三曹(操、丕、植)、七子(孔融、陈琳、王粲、徐幹、阮瑀、应玚、刘桢)之称。全句是说,刘琨的诗具有建安风骨。

〔9〕邺:今河北临漳。建安时,曹操根据邺城,操纵东汉政权;同时招揽文士,诗酒唱和,推动了建安文学的发达。风流:流风余韵。全句是说晋朝的诗,继承着建安遗风。

〔10〕缺壶歌:晋王敦酒后歌唱曹操所作的乐府诗,以铁如意击唾壶为节拍,壶口尽缺(《晋书·王敦传》)。

〔11〕张华:晋人。

〔12〕温李:晚唐诗人温庭筠、李商隐。二人的诗,都好发抒缠绵悱恻的情绪,比张华还要严重。

〔13〕豪华:指雕饰字句。古人论诗,有的主张,不假雕饰,从平淡而达到自然的境界。

〔14〕"南窗"句:陶渊明《与子俨等疏》:"尝言五六月中,北窗下卧,遇凉风暂至,自谓是羲皇上人。"

〔15〕"未害"句:自刘裕篡晋后,陶渊明过起隐士生活,以遗民自居。

〔16〕魂磊:同垒魂,胸中不平。《世说新语》:"阮籍胸中垒魂,故须以酒浇之。"

〔17〕老阮:阮籍,三国魏之诗人。会:领会。

〔18〕心画心声:《法言》:"言,心声也;书,心画也。"

〔19〕仍:一本作"宁"。

〔20〕《闲居赋》:晋潘岳作。

〔21〕"争信"句:潘岳字安仁,谄事贾谧,每候其出,就望尘而拜。

〔22〕慷慨:韩愈《送董邵南序》:"燕赵古称多慷慨悲歌之士。"

〔23〕敕勒川:在今大青山南境。北齐斛律金作《敕勒歌》:"敕勒川,阴山下,天似穹庐,笼盖四野。天苍苍,野茫茫,风吹草低见牛羊。"

〔24〕沈宋:沈佺期、宋之问,初唐诗人。翰墨:笔墨。

〔25〕齐梁:南朝齐梁诗体绮靡,歌吟风花月露,沈宋沿袭着这种作风。

〔26〕平吴例:越王勾践平吴后,以黄金铸范蠡象,置在座侧做纪念(《吴越春秋》)。

〔27〕子昂:陈子昂,初唐诗人。首唱典雅冲淡之音,一扫六朝纤弱之风。

〔28〕靡:浮靡。

〔29〕陆:陆机,与潘岳同时。《世说新语》孙兴公说:"潘文浅而净,陆文深而芜。"意思说陆机的作品比潘岳冗杂。

〔30〕布谷:鸟名,鸣声好像作"快快布谷",故名。澜翻:形容讲话敏捷如同波澜翻动一样。苏轼诗:"口角澜翻如布谷。"

〔31〕"排比"句:元稹《杜工部墓志铭》,称赞杜甫的诗:"铺陈终始,

排比声韵,大或千言,次犹数百,词气豪迈而风调清深,属对精切而脱弃凡近。"

〔32〕藩篱:此处作"范围"解。区区:一点滴。

〔33〕少陵:杜甫号。连城璧:指和氏璧。赵得楚和氏璧,秦昭王愿以五十城来作交换,因之后世称"无价之宝"为连城璧。元好问《杜诗学引》:"谓杜诗为无一字无来处亦可也,谓不从古人中来亦可也。"其意谓杜诗能吸取古人精华,自出新裁,不落古人的窠臼。他认为这一成就,是杜甫的无价之宝。

〔34〕微之:元稹字。碔砆(wǔ fū 武肤):石之似玉者。此句是说元稹没有意识出杜甫诗的真精神,评语似是而非。

〔35〕秦川:指今陕西。

〔36〕"亲到"句:杜甫自天宝五年至十四年,居住长安,所以他写的有关长安的诗歌,都很逼真。

〔37〕"望帝"二句:李商隐《锦瑟》诗,起首四句为:"锦瑟无端五十弦,一弦一柱思华年。庄生晓梦迷蝴蝶,望帝春心托杜鹃。"这四句诗,语句隐僻,后世有许多不同的解释。清厉鹗认为是"悼亡之作"。

〔38〕西昆:宋初杨亿、钱惟演、晏殊、刘筠,作诗效法李商隐,号为西昆体。

〔39〕郑笺:东汉郑玄,笺注《毛诗》《周礼》《仪礼》《礼记》《周易》《春秋》,集两汉经学的大成。全句是说李商隐的诗,纡曲难懂,没有人能作笺注像郑玄注经那样的明确。

〔40〕坦途:韩愈《赠卢仝》诗:"往年弄笔嘲仝异,怪词惊众谤不已。近来自说寻坦途,犹上虚空跨骏骃。"

〔41〕玉川卢:卢仝字玉川,唐元和、长庆间诗人。

〔42〕鬼画符:卢仝诗歌谲怪,所以好问以鬼画符讥之。

〔43〕山林:指隐士。他们的诗,称山林体。衣冠:指官僚。他们的

14

诗,称台阁体。全句是说,山林台阁各有短长,不能有贵贱之分。

〔44〕华歆:仕魏官至太尉。他幼年和管宁在园中锄菜,碰着一块金子,管宁并不重视,把它当做瓦石一样看待;华歆拿起来看了一阵,然后扔掉(《世说新语》)。

〔45〕渠侬:他(《通俗编》)。谩:欺。全句是说衣冠中人不比山林士喜爱黄金。

〔46〕"笔底"句:李白《望庐山瀑布》诗:"日照香炉生紫烟,遥看瀑布挂前川。飞流直下三千尺,疑是银河落九天。"

〔47〕"何曾"句:李白嘲杜甫诗:"饭颗山头逢杜甫,头戴笠子日卓午。试问因何太瘦生,总为从前作诗苦。"

〔48〕鲁连:鲁仲连,战国齐人。秦军围邯郸,鲁连适在城中,坚持不帝秦的主张,秦军终于退却。燕将入据聊城,齐将田单欲收复聊城,年余不下。仲连致书燕将,劝他退兵或者降齐。燕将见书自杀,聊城终被收复。李白曾参加永王璘起兵,失败被逮。作者认为李白这一举动,是鲁仲连的行径,不同意某些评论者把李白当作书生。

〔49〕鉴湖:又名镜湖,在今浙江绍兴市南。元稹视察浙东,看中了刘采春,采春容华莫比,当时称她为"鉴湖春色"(《全唐诗话》)。

〔50〕切响浮声:指诗文中讲求声韵。《宋书·谢灵运传》说:"前有浮声,后须切响。"《新唐书·文艺列传》说:"唐兴诗人承陈隋风流,浮靡相尚,至宋之问、沈佺期等,研揣声音,浮切不差,而号律诗。"这首诗的起二句,系指宋、沈而言。

〔51〕浪翁:元结字次山,自号浪士。结为道州刺史,有一次出差还州,在舟中作《欸乃曲》,令掌舟者歌唱(元结《欸乃曲序》)。徵(zhǐ指):古代以宫、商、角、徵、羽为五音。

〔52〕韶濩:乐名,相传为成汤作。

〔53〕"东野"句:孟郊字东野,一生贫困,多吟穷愁之作。

〔54〕"江山"句:韩愈曾官潮州刺史,世人称他自潮州还朝后,文章不烦绳削而自合。

〔55〕"合在"句:陈登字元龙,名重天下。当时许汜也有国士之名。刘备对许汜说:拿你的言论和元龙的想法来对比,"如小人欲卧百尺楼上,卧君于地"(《三国志·陈登传》)。作者尊韩抑孟,谓二人高下不同。

〔56〕阿(ē 婀):大陵。

〔57〕天随子:陆龟蒙别号。

〔58〕谢客:谢灵运幼年由杜治抚养,年十五岁才回家,名为"客儿"。

〔59〕柳州:柳宗元元和十年,官柳州刺史,世号柳柳州。谢灵运、柳宗元都擅长写山水诗。

〔60〕窘:迫促。

〔61〕酬:同酧。唱酬,作诗互相唱和。

〔62〕刘祁《归潜志》:"古人赠答,皆以不拘韵字,迨宋苏黄,凡唱和须用元韵,往返数回以出奇。……尝与雷希颜、元裕之论诗,元云:'和韵非古,要为勉强。'"这诗中的"窘步相仍"、"俯仰随人",正是"勉强"的注脚,第二句正是"和韵非古"的说明。

〔63〕苏黄:宋诗人苏轼、黄庭坚。

〔64〕沧海横流:比喻世事的变化。

〔65〕曲学:邪曲的学问。

〔66〕俳谐:说笑话。

〔67〕合:应该。

〔68〕雅言:正言。

〔69〕"有情"二句:这两句是北宋诗人秦观"春雨"诗中的句子。

〔70〕拈(niān 蔫):捏。韩愈字退之。他的《山石》诗:"山石荦确行径微,黄昏到寺蝙蝠飞。升堂坐阶新雨足,芭蕉叶大栀子肥……"

〔71〕女郎诗:王中立谓:"秦少游(观)春雨诗云:'有情芍药含春泪,无力蔷薇卧晚枝',此诗非不工,若以退之'芭蕉叶大栀子肥'之句校之,则春雨为妇人语矣。破却工夫,何至学妇人?"(《中州集·王中立传》)王中立是元好问的老师,好问采其师说以入诗。

〔72〕玄都:玄都观,在长安。

〔73〕"看花"句:刘禹锡于元和十一年(公元八一六年),游玄都,作《戏赠看花诸君子诗》:"紫陌红尘拂面来,无人不道看花回。玄都观里桃千树,尽是刘郎去后栽。"

〔74〕"刘郎"二句:太和二年(公元八二八年)三月,刘禹锡再游玄都时,荡然不见一树,惟有兔葵燕麦在动摇着,所以作了"百亩庭中半是苔,桃花净尽菜花开。种桃道士今何在?前度刘郎今又来"的诗。

〔75〕"苏门"二句:苏轼门下,黄庭坚、张耒、晁补之、秦观为四学士,但其成就,都不及苏轼。

〔76〕百年:宋仁宗时,距北宋开国,已一百余年,这时期文学极盛。

〔77〕元祐:宋哲宗年号。这时旧党执政,举世推崇苏轼的诗文。

〔78〕金陵:指王安石。安石晚年,居于金陵。

〔79〕欧梅:欧阳修、梅尧臣。

〔80〕子美:杜甫字。黄庭坚自谓得诗法于杜甫(《潭南诗话》),元好问也认为黄是最知杜甫者(《杜诗学引》)。

〔81〕义山:李商隐字。

〔82〕涪(fú 浮)翁:黄庭坚曾贬官涪州别驾。

〔83〕江西:黄庭坚,洪州分宁(今江西修水)人,吕居仁作《江西诗社宗派图》,推庭坚为宗派之祖,以陈师道等二十五人为其重要成员。末二句推崇黄而贬抑江西学派。

〔84〕"池塘"句:谢灵运《登池上楼》的"池塘生春草"这句诗,自来推为佳句。

〔85〕"传语"句:陈师道字无己,官秘书省正字。平日每有诗兴,就闭门拥被,有时几天不起的在思索。

〔86〕撼:摇。蚍蜉(pí fú 皮扶):蚂蚁。韩愈《调张籍诗》:"蚍蜉撼大树,可笑不自量。"

并州少年行[1]

北风动地起,天际浮云多。登高一长啸,六龙忽蹉跎[2]。我欲横江斗蛟鼍[3],万弩进射阳侯波[4]。或当大猎燕赵间,黄罴朱豹皆遮罗[5]。男儿万马随挟呵[6],朝发细柳暮朝那[7],扫云黑山布阳和[8]。归来明堂见天子[9],黄金横带冠峨峨[10]。人生只作张骞傅介子[11],远胜僵死空山阿。君不见并州少年夜枕戈,破屋耿耿天垂河[12],欲眠不眠泪滂沱[13]!著鞭忽记刘越石[14],拔剑起舞鸡鸣歌[15]。东方未明兮奈夜何!

〔1〕行是诗歌的一种体裁,如乐府有长歌行、短歌行之类。这诗吐露出作者的抱负。

〔2〕蹉跎:此处作"颠倒"解。

〔3〕蛟鼍(tuó 陀):都是水中比较凶猛的动物。

〔4〕弩:弓。阳侯:传说原是陵阳国的诸侯。死后成神,能翻作大波浪(《淮南子·览冥篇》注)。

〔5〕罴(pí 皮):人熊。

〔6〕扨:同麾。呵:叫骂。

〔7〕细柳:汉大将周亚夫驻军细柳,在今陕西咸阳西南。朝那:汉朝防备匈奴设置的县,在今甘肃平凉市西北。

〔8〕阳和:阳光的和暖。

〔9〕明堂:古代帝王举行大典礼的地方。

〔10〕峨(é鹅)峨:山高貌。

〔11〕张骞、傅介子:都是西汉通西域的使者。

〔12〕耿耿:微明。

〔13〕滂沱:雨多貌,这里是眼泪多的意思。

〔14〕越石:为刘琨字。琨少与祖逖为友,常说:"恐祖生先我着鞭"(《晋书·刘琨传》)。

〔15〕"拔剑"句:祖逖与刘琨有一次睡在一起,半夜听见鸡鸣,祖逖推醒刘琨说:"这不是恶声。"就起床出去舞剑。

秋怀〔1〕

凉叶萧萧散雨声〔2〕,虚堂淅淅掩霜清〔3〕。黄花自与西风约,白发先从远客生。吟似候虫秋更苦〔4〕,梦和寒鹊夜频惊。何时石岭关头路,一望家山眼暂明!

〔1〕兴定二年(公元一二一八年)秋八月,蒙古军木华黎从今大同南下,攻占了山西全境。元好问这年从三乡移居登封。这首诗和《郁郁》,抒写出他自己萦怀故乡的心情。

〔2〕萧萧:风声。

〔3〕浙浙:雨声。

〔4〕候虫:季节性的虫类。

郁郁

郁郁羁怀不易开[1],更堪寥落动凄哀[2]!华胥梦破青山在[3],梁甫吟成白发催[4]。秋意渐随林影薄,晓寒都逐雁声来。并州近日风尘恶,怅望乡书早晚回。

〔1〕郁郁:闷闷。羁怀:羁旅的心情。

〔2〕寥落:空虚寂寞貌。

〔3〕华胥梦:黄帝昼寝,梦游华胥国,这个国家,没有统治者,人民没有嗜好,没有爱憎,没有利害(《列子》)。

〔4〕梁甫吟:乐府楚调曲名。诸葛亮好作梁甫吟。

九月晦日王村道中[1]

水涸沙仍湿[2],霜余草更幽。烟光藏落景,山骨落清秋。坐食知何益,行吟只自愁。随阳见鸿雁,三叹惜淹留[3]。

〔1〕阴历每月的末日,称做晦日。王村在登封西乡。

〔2〕涸:水干。

〔3〕淹留:久留。

雪后招邻舍王赞子襄饮〔1〕

去年春旱百日强,小麦半熟雨作霜。青山无情不留客,单衣北风官路长。遗山山人伎俩拙〔2〕,食贫口众留他乡。五车载书不堪煮〔3〕,两都觅官自取忙〔4〕。无端学术与时背,如瞽失相徒伥伥〔5〕。今年得田昆水阳〔6〕,积年劳苦似欲偿。邻墙有竹山更好,下田宜秫稻亦良〔7〕。已开长沟掩乌芋〔8〕,稍学老圃分红姜〔9〕。宋公能诗雅好客〔10〕,劝我移家来水旁。一闲入手岂易得〔11〕,梦中我马犹玄黄〔12〕。君不见并州少年作轩昂〔13〕,鸡鸣起舞望八荒〔14〕,夜如何其夜未央〔15〕!卖刀买犊未厌早〔16〕,腰金骑鹤非所望〔17〕。河南冬来已三白〔18〕,土膏坟起如蜂房〔19〕。嵩山东头玉旆出〔20〕,父老知是丰年祥。南溪酒熟梅花香,高声为唤墙东王。便当过我取一醉,听唱长安金凤凰。邻舍宋可,字予之,隐君子也。并州少年谓李汾长源。长安金凤凰者,齐梁间田舍儿所歌。

〔1〕王赞字子襄,登封人。元好问移家登封,赞系他的东邻。从这诗,可以看出好问在昆阳(今河南叶县)置田买地,过着中小地主的生活。

〔2〕遗山:在今山西定襄县神山村,元好问曾在这里读过书,所以自号遗山山人。

21

〔3〕五车:形容藏书之多。《庄子》:"惠施多方,其书五车。"

〔4〕两都:指开封、洛阳。

〔5〕相(xiàng 向):引导者。伥(chāng 昌)伥:迷惘不知所向。

〔6〕昆水:在今河南叶县北。阳:水北曰阳。

〔7〕秫(shú 塾):高粱。今豫西呼高粱为红秫秫。

〔8〕乌芋:荸荠。

〔9〕圃(pǔ 普):菜园;也指种菜者。孔子说:"吾不如老圃。"(《论语》)

〔10〕宋公:宋可,见《金史·隐逸传》。

〔11〕闲:阑,门限。

〔12〕玄:黑色。

〔13〕轩昂:高举貌。

〔14〕八荒:八方的荒远处。

〔15〕夜如何其夜未央:语出《诗经》。未央,未半。

〔16〕卖刀买犊:民有带持刀剑者,卖剑买牛,卖刀买犊(《汉书·龚遂传》)。

〔17〕腰金骑鹤:有客言志:一愿为扬州刺史,一愿骑鹤上升,其一人曰,腰缠十万贯,骑鹤上扬州(《太平广记》)。

〔18〕白:指白雪。北人谚曰:"要宜麦,见三白。"(《朝野金载》)今山西也有"今冬三场雪,来年好收麦"的谚语。

〔19〕膏:动物的脂油,色白。这里以土膏形容田间的白雪。

〔20〕斾(pèi 配):旗子的一种。悬崖积雪,好像一面白旗,所以用玉斾来形容。

纳凉张氏庄二首

小桥深竹午风便〔1〕,一道垂杨带乱蝉。山下行人遮日去,却从茅屋问瓜田。

树阴环合水萦回〔2〕,树下行人坐绿苔。绝似蘽蒙山下路〔3〕,眼中唯欠系舟嵬〔4〕。蘽蒙系舟,皆乡中山,乡人谓之系舟嵬。

〔1〕便(pián 骈):静。
〔2〕萦(yíng):绕。
〔3〕蘽(cóng):同"丛"。蘽蒙山一作丛蒙山,是山西忻州市的南山,在系舟山之东。
〔4〕嵬(wéi 唯):山高貌。

风雨停舟图

老木高风作意狂,青山和雨入微茫〔1〕。画图唤起扁舟梦〔2〕,一夜江声撼客床。

〔1〕微茫:模糊不清。
〔2〕扁舟:小船。范蠡助越灭吴后,乃乘扁舟,浮于江湖(《史记·货殖列传》)。

后湾别业〔1〕

薄云晴日烂烘春〔2〕,高柳清风便可人。一饱本无华屋念[3]，百年今见老农身。童童翠盖桑初合[4]，滟滟苍波麦已匀[5]。更与溪塘作盟约，不应重遣濯缨尘[6]。

〔1〕别业是在住宅以外另置的田园。
〔2〕烂：这里当"明"字解。
〔3〕华屋：华美的房子。
〔4〕童童：树荫下垂貌。
〔5〕滟滟：水动貌。
〔6〕濯（zhuó 啄）：洗。缨：帽子下垂的丝绳，古代的官帽上用它。

山中寒食[1]

小雨斑斑浥曙烟[2]，平林簇簇点晴川[3]。清明寒食连三月，颍水嵩山又一年[4]。乐事渐随花共减，归心长与雁相先。平生最有登临兴，百感中来只慨然。

〔1〕根据"颍水嵩山又一年"来推断，这诗作于兴定三年。
〔2〕斑斑：点点。浥（yì 亿）：湿润。曙：天明。
〔3〕簇簇：丛列貌。
〔4〕颍水嵩山：都在登封境。

寄赵宜之赵时在卢氏[1]

大城满豺虎，小城空雀鼠。可怜河朔州[2]，人掘草根官煮弩！北人南来向何处？共说莘川今乐土〔3〕。莘川三月春事忙，布谷劝耕鸠唤雨。旧闻抱犊山，摩云出苍棱。长林绝壑人迹所不到〔4〕，可以避世如武陵〔5〕。煮橡当果谷，煎术甘饴饧〔6〕。此物足以度荒岁，况有麋鹿可射鱼可罾〔7〕？自我来嵩前，旱干岁相仍。耕田食不足，又复违亲朋〔8〕。三年西去心，笼禽念飞腾。一瓶一钵百无累〔9〕，恨我不如云水僧〔10〕。嵩山几来层，不畏登不得，但畏不得登〔11〕。洛阳一昔秋风起，羡煞吴中张季鹰〔12〕！

〔1〕赵元字宜之，号愚轩，定襄（今山西定襄）人。经童出身，任巩西簿，后失明，往来洛西山中，日以吟诗为事，故诗益工（《中州集·赵元传》）。这诗中有"三年西去心"句，可知作于兴定四年。

〔2〕河朔：黄河以北的地区。

〔3〕莘川：当在卢氏。

〔4〕绝壑：极高险的山沟。

〔5〕武陵：今湖南常德。东晋太元中，武陵有捕鱼者，沿水行，经过好些曲折，发现桃花源。这里的居民说："先世避秦时乱，率妻子邑人来此绝境，不复出焉，遂与外人间隔。"（陶潜《桃花源记》）

〔6〕术（zhú 竹）：苍术，白术，都是草药。饴饧（yí xíng 宜行）：糖的一种。

〔7〕麋（mí 弥）：鹿一类而比鹿大。罾（zēng 憎）：渔网。

〔8〕违：离。

〔9〕钵：和尚的饭具。唐朝和尚贯休诗："一瓶一钵垂垂老。"

〔10〕云水僧：佛家称行脚僧为云水，因为他们到处为家，如同行云流水一样。

〔11〕"崧山"三句:唐高宗欲封嵩山,因突厥和吐蕃的扰乱,两次都没有办到,当时童谣说:"嵩山凡几层,不畏登不得,但恐不得登。三度征兵马,傍道打腾腾。"这里暗含蓄着蒙古军正在节节进逼,无心游览山川的意思。与起四句遥遥呼应。

〔12〕张季鹰:张翰字季鹰,晋吴郡人。任齐王冏大司马东曹掾。翰见秋风起,想起家乡的菰菜、莼羹、鲈鱼脍,立刻辞官归家(《晋书·张翰传》)。

西园 兴定庚辰八月作〔1〕

西园老树摇清秋,画船载酒芳华游。登山临水祛烦忧〔2〕,物色无端生暮愁。百年此地游车发〔3〕,易水迢迢雁行没。梁门回望锦成堆,满面黄沙哭燕月。荧荧一炬殊可怜,膏血再变为灰烟。富贵已经春梦后〔4〕,典刑犹见靖康前〔5〕。当时三山初奏功〔6〕,三山宫阙云锦重。璧月琼枝春色里,画栏桂树雨声中。秋山秋水今犹昔,漠漠荒烟送斜日。铜人携出露槃来〔7〕,人生无情泪沾臆〔8〕。丽川亭上看年芳,更为清歌尽此觞。千古是非同一笑,不须作赋拟《阿房》〔9〕!

〔1〕北宋都汴京(今河南开封),当时都城附近,都是园圃,百里以内,没有空地,而在徽宗时候,园圃楼阁的建筑更多。这些建筑,有的保全到金朝,西园就是其中的一个。兴定庚辰(四年)为公元一二二〇年。这年七月间,金派人向蒙古求和,蒙古主不允,因之,作者游西园,就联想到宋徽宗的往事。

〔2〕祛(qū驱):消除。

〔3〕"百年"句:以下指宋徽宗被金人虏去北行的遭遇。徽宗被虏在靖康二年(公元一一二七年),下距兴定庚辰,大约百年的样子。

〔4〕春梦:苏轼贬官昌化(今广东旧昌江东南),负大瓢,行歌田间,有个七十岁的妇人说:"内翰昔日富贵,一场春梦。"

〔5〕典刑:同典型。靖康:宋钦宗年号。

〔6〕奏功:成功。

〔7〕"铜人"句:汉武帝以铜作承露盘,上有仙人掌擎玉盘。魏明帝诏宫官取汉武帝捧露盘仙人,欲立置前殿,宫官既折仙人,临载而泪下(李贺《金铜仙人辞汉歌序》)。槃,同盘。

〔8〕臆(yì意):胸前。

〔9〕《阿房》:唐杜牧作《阿房宫赋》,对秦的兴亡,感慨沉痛。

家山归梦图三首〔1〕

别却并州已六年,眼中归路直于弦。春晴门巷桑榆绿,犹记骑驴掠社钱〔2〕。

系舟南北暮云平,落日滹河一线明〔3〕。万里秋风吹布袖,清晖亭上倚新晴。

游骑北来尘满城,月明空照汉家营。卷中正有家山在,一片伤心画不成!

〔1〕从"别却并州已六年"来估计,这诗作于兴定五年。

〔2〕"犹记"句:古人以立春后第五个戊日为春社,这天击鼓烧钱,

儿童抢钱以为乐。

〔3〕滹河:滹沱河,在系舟山北四十余里。

蟾池〔1〕

老蟆食月饱复吐〔2〕,天公一目频年瞀。下界新增养蟾户,玉斧谁怜修月苦〔3〕！郡国蟾池知几所,碧玉清流水仙府。小蟾徐行腹如鼓,大蟾张颐怒于虎〔4〕。渠家眉间有黄乳,膏粱大丁正须汝〔5〕。何人敢与月复仇,疾过池头不容语。向来属私今属官,从今见蟆当好看,爬沙即上青云端〔6〕。

〔1〕蟆,癞虾蟆。蟾池,是指斥金朝南渡后的近侍局。金朝于宫中置近侍局,局中设奉御、奉职等职,多由贵戚、世家的子弟担任。起初只是办些传诏令、供驱使的事务。宣宗兴定五年三月,下令让奉御、奉职采访外事。这班人从此借机陷害正人、贪贿不法(参《金史·宣宗本纪》及《归潜志》)。元好问所以把这些人比做虾蟆,把近侍局比做蟾池来讽刺它们。

〔2〕“老蟆”句:古人以月蚀为虾蟆食月。

〔3〕修月:太和中,嵩山有一人,头巾里包着斧凿,他自己说,常有八万五千户的人,从事于修月的工作,他就是其中的一个(《酉阳杂俎》)。

〔4〕颐(yí 宜):面颊。

〔5〕膏粱:肥肉美谷。膏粱大丁,指奉御、奉职而言。

〔6〕爬沙:向上爬。

瀿亭同麻知几赋〔1〕

零落栖迟复此游〔2〕,一尊聊得散羁愁〔3〕。天围平野莽无际,水绕孤城闲不流。元是深字,知几请予改作闲字。柳意渐回淮浦暖,雁声仍带塞门秋。登高望远令人起,欲买烟波无钓舟。

〔1〕瀿(yīn 因),水名。颍水的上源,也叫瀿水。麻九畴字知几,易州人(《金史》本传)。名重当时,赵秉文等文士都礼遇他。

〔2〕栖迟:游息。

〔3〕尊:同樽,酒杯。

瀿亭

春物已清美,客怀自幽独。危亭一徘徊,翛然若新沐〔1〕。宿云淡野川,元气浮草木。微茫尽楚尾〔2〕,平远疑杜曲〔3〕。生平远游赋,吟讽心自足。揭来著世网〔4〕,抑抑就边幅〔5〕。人生要适情,无荣复何辱。乾坤入望眼,容我谢羁束。一笑白鸥前,春波动新绿。

〔1〕翛(xiāo 萧)然:舒快貌。

〔2〕楚尾:豫西在古楚国之北,所以称做楚尾。

〔3〕杜曲:在今陕西西安市南。
〔4〕朅(qiè窃):去。世网:被世事所牵累,如入网之鱼。
〔5〕边幅:范围;尺度。

麦叹〔1〕

借地乞麦种〔2〕,微倖今年秋〔3〕。乞种尚云可,无丁复无牛。田主好事人,百色副所求。盻盻三百斛〔4〕,宽我饥寒忧。我梦溱南川〔5〕,平云绿油油。起来望河汉〔6〕,旱火连东州。四月草不青,吾种良漫投。田间一太息,此岁何时周!向见田父言:此田本良畴。三岁废不治,种则当倍收。何如落吾手,羊年变鸡猴〔7〕?身自是旱母,咄咄将谁尤〔8〕?人满天地间,天岂独我仇。正以赋分薄,所向困拙谋。不稼且不穑,取禾亦何由。办作高敬通,恶雨将漂流〔9〕。吾贫有滥觞〔10〕,贤达未始羞。单衣适至骭〔11〕,一剑又蒯缑〔12〕。焉知寄食饿,不取丞相侯。作诗以自广,时用商声讴。

〔1〕诗中有"羊年变鸡猴"句,羊年为癸未,即金宣宗元光二年(公元一二二三年)。
〔2〕种:种子。
〔3〕微倖:同侥倖。
〔4〕盻(xì细)盻:这里作"勤苦不休息"解。斛(hú壶):容器。唐以十斗为一斛,今以五斗为一斛。
〔5〕溱南川:指登封东西地区。

30

〔6〕河汉:天河。

〔7〕"羊年"句:今山西农谚:"猪狗年,好收田;但怕鸡猴那二年。"意思说鸡猴年常有歉收的情形。

〔8〕咄(duō 多)咄:惊怪声。

〔9〕"不稼"四句:后汉高凤字敬通,潜心读书。一天,妻晒麦院内,令凤照护。忽然来了一阵暴雨,凤仍在读书,麦子被水冲去,他都不知道(《后汉书·高凤传》)。

〔10〕滥觞:开始。

〔11〕骭(gàn 旰):小腿骨。春秋时甯戚饭牛,而作商歌:"短布单衣适至骭。"(《淮南子》)

〔12〕蒯(kuǎi 扩):绳子。缑(gōu 钩):把剑之物,蒯缑是说没有装置剑的东西,只拿小绳缠着。齐人冯驩家贫,只有一剑蒯缑(《史记·孟尝君列传》)。

虎害〔1〕

北山虎有穴,南山虎为群。目光如电声如雷,倚荡起伏山之垠〔2〕。百人一饱不留骨,败衣坠絮徒纷纷。空谷绝樵声,长路无行尘。呀呀垂涎口〔3〕,眈眈阚城闉〔4〕。天地岂不仁?社公岂不神?哀哀太山妇〔5〕,叫断秋空云。可怜封使君,生不治民死食民〔6〕。世上无复裴将军〔7〕,北平太守今何人!

〔1〕根据《金史·宣宗本纪》及《五行志》,元光二年有虎害,这诗约作于此时。作者目睹当时推行暴政的贪官污吏,给人民带来无穷的苦

难,所以借虎害以寄托"苛政猛于虎"的喻意。这是一篇讽刺时事的诗。

〔2〕倚(yǐ椅):斜靠着。荡:动。垠(yín银):边际。

〔3〕涎(xián咸):口中流出的津液。

〔4〕眈(dān丹)眈:目光向下注视貌。阚(kān瞰):望。闉(yīn音):城内重门。

〔5〕"哀哀"句:孔子过泰山侧,有妇人哭于墓者而哀。使子路问之,曰:"昔者吾舅(公公)死于虎,吾夫又死焉,今吾子又死焉。"(《礼记·檀弓》)

〔6〕"可怜"二句:汉宣城太守封邵,一日忽化虎,食群民,民呼曰:"封使君。"时人语曰:"无作封使君,生不治民死食民。"(《述异记》)

〔7〕裴将军:唐裴旻为龙华军使守,北平虎多,旻善射,一日毙虎三十一(《国史补》)。

野菊座主闲闲公命作〔1〕

柴桑人去已千年〔2〕,细菊斑斑也自圆。共爱鲜明照秋色,争教狼藉卧疏烟。荒畦断坞新霜后,瘦蝶寒螿晚景前〔3〕。只恐春丛笑迟暮,题诗端为发幽妍。

〔1〕元好问于兴定五年登进士第,主考官为赵秉文。哀宗正大元年(公元一二二四年)应鸿词科,赵又为监试官。跟着元授国史馆编修官,居汴京。这时赵秉文(号闲闲)组诗会,元也参列其中(《归潜志》),所以称赵为座主。

〔2〕柴桑:为今江西九江,是陶渊明的故里,所以后人以柴桑称他。

〔3〕螿(jiāng姜):蝉类的昆虫。

杂著〔1〕（九首选二）

太虚空里一游尘〔2〕,造物虽工未易贫〔3〕。臧获古来多鼎
食〔4〕,可能夷叔是饥人〔5〕!

青盖朝来帝座新〔6〕,岂知卫瓘是忠臣〔7〕。洛阳荆棘千年
后,愁绝铜驼陌上人〔8〕!

〔1〕《杂著》九首,兹选其讥评时政者二首。

〔2〕太虚:天空。

〔3〕造物:指天而言。

〔4〕臧获:奴婢。这里指近侍局那班人。

〔5〕夷叔:伯夷、叔齐。以武王伐纣为不仁,耻食周粟,饿死首阳山
(《史记·伯夷列传》)。

〔6〕青盖:指达官贵人。汉制,王车用青盖。

〔7〕卫瓘:晋武帝时人。武帝有一次宴会群臣,瓘跪在武帝的床前,
手摸着床说:"此床可惜!"(《晋书·卫瓘传》)

〔8〕"洛阳"二句:荆棘铜驼,索靖有先知远见,知天下将乱,指洛阳
宫门铜驼叹曰:"会见汝在荆棘中耳!"(《晋书·索靖传》)从诗句中的
"千年后"、"陌上人"看来,清楚地表露元好问对当时政治的不满和
愤慨。

京都元夕^{〔1〕}

袨服华妆着处逢^{〔2〕},六街灯火闹儿童。长衫我亦何为者,也在游人笑语中。

〔1〕元夕,即元宵,正月十五日的夜间。这诗作于正大二年。
〔2〕袨(xuàn绚):美好的衣服。

西园

百草千花雨气新,今朝陌上有游尘。皇州春色浓于酒,醉杀西园歌舞人!

杏花杂诗^{〔1〕}(选六首)

杏花墙外一枝横,半面宫妆出晓晴。看尽春风不回首,宝儿元自太憨生^{〔2〕}。

露华泡泡泛晴光,睡足东风倚绿窗。试遣红妆映银烛,缃桃争合伴仙郎^{〔3〕}。

袅袅纤条映酒船^{〔4〕},绿娇红小不胜怜。长年自笑情缘在,犹要春风慰眼前。

34

纷纷红紫不胜稠,争得春光竞出头。却是梨花高一着,随宜梳洗尽风流。

小雨斑斑晓未匀,烟光水色画难真。西园春物知多少,一树垂杨恼杀人。

魏紫姚黄有重名[5],洛阳车马闹清明。吹残桃李风才定,可是东君别有情[6]。

〔1〕《杏花杂诗》十三首为赏春之作。兹选六首。根据"西园春物知多少"的句子来估计,约系在汴所作。

〔2〕憨(hān 酣):痴呆。隋帝召虞世南起草诏令,司花女袁宝儿注视世南,世南作诗嘲她:"学画鸦黄半未成,垂扇弹(丁可切,垂下貌)袖太憨生"(《全唐诗话》)。

〔3〕缃:浅黄色。古人以桃为仙木。

〔4〕袅袅:悠扬貌。

〔5〕魏紫、姚黄:都是牡丹名。姚黄者,千叶黄花,出于民姚氏家;魏紫者,千叶肉红花,出于魏相仁溥家(欧阳修《牡丹记》)。

〔6〕东君:司春之神。

出京史院得告归嵩山侍下[1]

从宦非所堪,长告欣得请[2]。驱马出国门,白日触隆景。半生无根着,飘转如断梗[3]。一昨随牒来[4],六月阻归省。城居苦湫隘[5],群动日蛙黾[6]。惭愧山中人,团茅遂幽屏。尘泥免相涴[7],梦寐见清颖。矫首孤飞云,西南路何永?

〔1〕元好问《杜诗学引》:"乙酉之夏,自京师还,闲居嵩山。"可证这诗作于正大二年。

〔2〕长告:长休告终,俗所谓"请长假"。

〔3〕梗:草木的茎。

〔4〕牒(dié 叠):文书。

〔5〕潐(jiǎo 皎):低湿。

〔6〕黾:似青蛙而腹大。

〔7〕洿:与污同。

乙酉六月十一日雨〔1〕

一旱近两月,河洛东连淮。骄阳佐大火〔2〕,南风卷黄埃。草树青欲干,四望令人哀。时时怪事发,雨雹如李梅。我梦天河翻,崩腾走云雷。今日复何日,驶雨东南来。元气淋漓中,焦卷意已回。良苗与新颖〔3〕,郁郁无边涯音崖。书生如老农,苦乐与之偕。闾间闻吉语〔4〕,一笑心颜开。酉年酒如浆〔5〕,干溢安能灾。唯当作高廪〔6〕,多具尊与罍〔7〕。家人笑问我,君田安在哉? 驶雨与快同音,见《魏书》。

〔1〕乙酉为正大二年,这年四五月间大旱(《金史·哀宗本纪》)。

〔2〕骄阳:强烈的阳光。大火:星名,即心宿。

〔3〕颖:谷类和果实上的尖毛。

〔4〕闾:街门。古代以二十五家为一闾。闾间,泛指乡间居民。

〔5〕浆:液汁。

〔6〕廪(lǐn 凛):谷仓。

〔7〕罍(léi 雷):大酒尊。

饮酒襄城作[1](五首选四)

西郊一亩宅,闭门秋草深。床头有新酿[2],意惬成孤斟[3]。
举杯谢明月,蓬荜肯相临[4]。愿将万古色,照我万古心。
去古日已远,百伪无一真。独余醉乡地,中有羲皇淳。圣教
难为功,乃见酒力神。谁能酿沧海,尽醉区中民!
利端始萌芽,忽复成祸根。名虚买实祸,将相安足论?驱驴
上邯郸[5],逐兔出东门[6]。离官寸亦乐,里社有拙言。离官
寸亦乐,晋俚谚云然。
此饮又复醉,此醉更酣适。徘徊云间月,相对澹以默。三更
风露下,巾袖警余湿。浩歌天壤间,今夕知何夕?

〔1〕襄城在今河南。

〔2〕酿:此处作"酒"字解。

〔3〕惬(qiè 窃):满意。

〔4〕荜(bì 毕):柴草。蓬荜,用柴草构成的门户。

〔5〕"驱驴"句:唐开元中,卢生遇道士吕翁,生自叹穷困,翁取枕
授之。曰:"枕此,当荣适如意。"生梦入枕中,娶妻,生子,举进士,
为相十年,号为贤相。后遭同列谗害,下狱。生惶骇,谓妻子曰:"何
苦求禄,而今及此!思衣短褐,乘青驹,行邯郸道中,不可得也!"(《枕

37

〔6〕"逐兔"句:秦二世二年七月,具李斯五刑,论腰斩。斯出狱,对其中子曰:"吾欲与若复牵黄犬,俱出上蔡东门,逐狡兔,岂可得乎?"(《史记·李斯列传》)

山居杂诗[1](六首选四)

瘦竹藤斜挂,幽花草乱生。林高风有态,苔滑水无声。

树合秋声满,村荒暮景闲。虹收仍白雨[2],云动忽青山。

川迥枫林散,山深竹港幽。疏烟沉去鸟,落日照归牛。

鹭影兼秋静,蝉声带晚凉。陂长留积水[3],川阔尽斜阳。

〔1〕从《山居杂诗》至《驱猪行》这些诗,很难确定它的写作年代,但大体上认为是家居登封时期(公元一二一八——一二二七年)的作品。

〔2〕虹:雨后天空出现的半月形彩色圈。

〔3〕陂(bēi 杯):蓄水的地方。

溪上

短布单衣一幅巾,暂来闲处避红尘。低昂自看水中影[1],好个山间林下人!

〔1〕昂:高。

南溪〔1〕

南溪酒熟清而醇〔2〕,北溪梅花发兴新。前年去年花下醉,今年冷落花应嗔〔3〕。梅花娟娟如静女〔4〕,寂寞甘与荒山邻。诗人爱花山亦好,幽林穹谷生阳春〔5〕。风鬟峨峨一尺云〔6〕,芳香幽卧如相亲。山堂夜半北风恶,一点相思愁杀人。

〔1〕南溪发源于河南登封市少室山南麓,为颍水的上源之一。
〔2〕醇:味厚的酒。
〔3〕嗔(chēn 抻):怒。
〔4〕娟娟:姿色秀美。
〔5〕穹(qióng 穷)谷:深的山沟。
〔6〕鬟(huán 环):挽发做环形,诗人有时也借用它形容山形。风鬟,形容风在山顶的飘旋貌。

秋蚕

室人箧中无寸缕〔1〕,一箔秋蚕课诸女〔2〕。朝来饲却上马桑,隔簇仍闻竹间雨〔3〕。阿容阿璋墨满面〔4〕,画彻灰城前致语:上无苍蝇下无鼠,作茧直须如瓮许[5]。东家追胥守机杼[6],有桑有税吾犹汝。官家恰少一绚丝[7],未到打门先自举。

〔1〕室人:妻。箧(qiè 窃):藏物之器,大曰箱,小曰箧。
〔2〕箔(bó 博):养蚕的器具。
〔3〕簇:聚。
〔4〕阿容、阿璋:约系作者长女、次女名。
〔5〕许:那样。
〔6〕追胥:催征税收的小官吏。杼(zhù 柱):纺织机上撑直线的结构。
〔7〕绚(qú 渠):缕。

食榆荚[1]

露葵滑寒羊蕨羶[2],春榆作荚绝可怜。榆令人瞑何暇计[3],田舍年例须浓煎[4]。箫声吹暖卖饧天,家人钻火分青烟。长钩矮篮走童稚[5],顷刻绿萍堆满前[6]。炊饭云子白[7],剪韭青玉圆。一杯香美荐新味[8],何必烹龙炮凤夸肥鲜[9]!鼠肝虫臂万化途[10],神奇腐朽相推迁[11]。梦中鸴鸠亦大乐[12],随意饮啄真飞仙[13]。先生扪腹一莞然[14],此日何功食万钱[15]。

〔1〕榆树在春天没有生叶子以前,枝条间先出榆荚。榆荚形圆如

小钱,垂垂成串,所以也叫做榆钱,可供食用。

〔2〕露葵:滑菜。羶:羊身上的气味。

〔3〕瞑(míng 明):闭目。《养生论》:"榆令人瞑。"

〔4〕田舍:农家。

〔5〕矮:低。

〔6〕萍:生长在水面的小草,体扁平,青色。这里拿它比喻榆荚。

〔7〕云子:云子石。色白,细长而圆。这里以它比喻大米饭。

〔8〕荐:进。

〔9〕烹:煮。炮(bāo 包):烧煮。烹龙炮凤,形容名贵的菜。

〔10〕"鼠肝"句:《庄子·大宗师》:"伟哉造物……以汝为鼠肝乎?以汝为虫臂乎?"语意是说物体千变万化,没有贵贱之分。

〔11〕神奇腐朽:《庄子·知北游》:"臭腐复化为神奇,神奇复化为臭腐。"意思是说,好的跟坏的东西,循环转化。推迁:推移变迁。

〔12〕鸲鹆(qú yù 渠玉):一名八哥,能效人言语。欧阳修尝梦为鸲鹆,飞鸣绿阴中,甚乐(《见闻后录》)。

〔13〕啄:呛。飞鸟用口取物。

〔14〕扪(mén 门):抚摸。莞(wǎn 碗)然:微笑貌。

〔15〕"此日"句:《晋书·何曾传》:"日食万钱,犹云无下箸处。"

早起

北舍南邻独乐声,夹衣晨起觉秋清。豆田欲熟朝朝雨,唤杀双鸠不肯晴〔1〕。

〔1〕鸠:鸟名,旧日有人说:"它的雄者呼晴,雌者呼雨。"(《本草

集解》)。

杨柳

杨柳青青沟水流,莺儿调舌弄娇柔。桃花记得题诗客,斜倚春风笑不休。

颍亭留别

同李冶仁卿、张肃子敬、王元亮子正,分韵得画字。

故人重分携[1],临流驻归驾。乾坤展清眺[2],万景若相借。北风三日雪,太素秉元化[3]。九山郁峥嵘[4],了不受陵跨[5]。寒波淡淡起,白鸟悠悠下。怀归人自急,物态本闲暇。壶觞负吟啸,尘土足悲咤[6]。回首亭中人,平林澹如画[7]。

〔1〕分携:分手;离别。
〔2〕乾坤:天地。眺(tiào 跳):远望。
〔3〕太素:自然之质。《乾坤凿度》:"太初者,气之始也;太始者,形之始也;太素者,物之始也。"秉:执持。元化:自然变化。
〔4〕九山:辕辕、颍谷、告成、少室、大箕、大陉、大熊、大茂、具茨等九山,都在豫西。峥嵘:山高貌。
〔5〕陵跨:凌辱践踏。

42

〔6〕咤(zhà 炸):怒声。

〔7〕澹:与淡同。

少室南原〔1〕

地僻人烟断,山深鸟语哗。清溪鸣石齿,暖日长藤芽。绿映高低树,红迷远近花。林间见鸡犬,直拟是仙家〔2〕。

〔1〕少室山在河南登封市西北,颍水发源于此。

〔2〕拟:比。

颍亭

颍上风烟天地回,颍亭孤赏亦悠哉!春风碧水双鸥静,落日青山万马来。胜概消沉几今昔,中年登览足悲哀!《远游》拟续骚人赋〔1〕,所惜匆匆无酒杯〔2〕。

〔1〕《远游》:屈原有《远游赋》。骚人:诗人。屈原作《离骚》,后世因称诗人为骚人。

〔2〕匆匆:急忙。

梁县道中^[1]

青山簇簇树重重,人在春云浩荡中^[2]。也是杏花无意
况^[3]。一枝临水卧残红。

〔1〕梁县为今河南临汝县。
〔2〕浩荡:这里形容云的怒发。
〔3〕意况:意味。

横波亭为青口帅赋^[1]

孤亭突兀插飞流^[2],气压元龙百尺楼。万里风涛接瀛
海^[3],千年豪杰壮山丘。疏星澹月鱼龙夜,老木清霜鸿雁
秋。倚剑长歌一杯酒,浮云西北是神州^[4]。

〔1〕青口在今江苏赣榆东南。金将移剌粘合驻防青口,镇静不扰;
元好问和他有往来(《归潜志》)。
〔2〕突兀:高貌。飞流:水流迅速如飞。
〔3〕瀛(yíng 赢)海:大海。
〔4〕神州:中国。全句是希望青口帅收复失地。

驱猪行黄台张氏庄作[1]

沿山莳苗多费力[2]，办与豪猪作粮食。草庵架空寻丈高[3]，击板摇铃闹终夕。孤犬无猛噬[4]，长箭不暗射。田夫睡中时叫号，不似驱猪似称屈。放教田鼠大于兔，任使飞蝗半天黑。害田争合到渠边，可是山中无橡朮。长牙短喙食不休[5]，过处一抹无禾头。天明垅头见狼藉[6]，妇子相看空泪流。旱干水溢年年日，会计收成才什一。资身百备粟豆中，儋石都能几钱直[7]？儿童食糜须爱惜，此物群猪口中得！县吏即来销税籍[8]！

[1] 豪猪一名豪猇。身体肥大；全身生棘毛，尖锐如针；以草为食，所以有害于农作物。古人常常把军阀、贪官、豪绅此作"豪猪健狗"，这诗是讽刺这般坏家伙们对于农民生产的残害。

[2] 莳(shí 十)：栽种。

[3] 寻：八尺为寻。

[4] 噬(shì 是)：咬、嚼。

[5] 喙：口。

[6] 狼藉：散乱不整齐。

[7] 儋(dàn 但)：一石为石，再石为儋。直：同值。

[8] 税籍：收税的簿册。

出 山^[1]

松门石路静无关,布袜青鞋几往还。少日漫思为世用,中年
直欲伴僧闲。尘埃长路仍回首,升斗微官亦强颜。休道西山
不留客,数峰如画暮云间。

〔1〕旧时称在野者出来做官为"出山"。元好问于正大三年为镇平
(今河南镇平县)令,这诗约作于从登封莅任之前。

内乡杂诗^[1]

行吟溪北复溪南,风日烘人酒易酣。无限春愁与谁语,梅花
娇小杏花憨。

〔1〕元好问于正大四年为内乡(今河南内乡县)令(见他所作《长庆
新泉记》),跟着移家来这里。

宿 菊 潭^[1]

田夫立马前,来赴长官期^[2]。父老且勿往,问汝我所疑:民
事古所难,令才又非宜。到官已三月,惠利无毫厘。汝乡之

46

单贫,宁为豪右欺[3]？聚讼几何人？健斗复是谁？官人一耳目,百里安能知？东州长官清,白直下村稀。我虽禁吏出,将无夜扣扉？教汝子若孙,努力逃寒饥。军租星火急[4],期会切莫违[5]！期会不可违,鞭朴伤汝肌！伤肌尚云可,夭阏令人悲[6]！

〔1〕菊水在内乡县。诗中有"到官已三月",可知为初到任时所作。
〔2〕期:约会。
〔3〕豪右:豪族。古代贵族住在闾右,也称做右族。
〔4〕星火:急迫的比喻。
〔5〕期会:限期。
〔6〕夭阏(è 遏):挫折、阻遏。

内乡县斋书事

吏散公庭夜已分,寸心牢落百忧薰[1]。催科无政堪书考[2],出粟何人与佐军？饥鼠绕床如欲语,惊乌啼月不堪闻。扁舟未得沧浪去[3],惭愧舂陵老使君。远祖次山《舂陵引》云："思欲委符节,引竿自刺船[4]。"故子美有"兴含沧浪清"之句。

〔1〕牢落:寂寞。
〔2〕催科:催租。
〔3〕沧浪:即汉水。

〔4〕"思欲"二句:原出元结(次山)《贼退示官吏》诗。

得纬文兄书〔1〕

鹊语喜复喜〔2〕,山城谁与娱?青灯一杯酒,千里故人书。

〔1〕张纬字纬文,太原阳曲人。
〔2〕"鹊语"句:鹊噪报喜,隋唐以来,就有这个说法。如:"今朝闻乌鹊语,真成好客来"(《游仙窟》)。

长寿山居元夕〔1〕

微茫灯火共荒村,黄叶漫山雪拥门。三十九年何限事,只留孤影伴黄昏。

〔1〕长寿山在内乡。据"三十九年何限事"来推算,这诗作于正大五年。

戊子正月晦日内乡西城游眺〔1〕

雄蜂雌蝶为花狂,陌上游人醉几场。前日少年今白发,却来闲处看春忙。

〔1〕戊子为正大五年。

张主簿草堂赋大雨

浙树蛙鸣告雨期,忽惊银箭四山飞。长江大浪欲横溃,厚地
高天如合围。万里风云开伟观,百年毛发凛余威〔1〕。长虹
一出林光动,寂历村墟空落晖〔2〕。横去声。

〔1〕凛(lǐn 廪):凄冷。
〔2〕寂历:寂寞。

赠莺〔1〕

邻墙拥高树,深樾荫衡宇〔2〕。山禽十百种,晨夕所栖处。独
爱黄栗留,娅姹如稚女〔3〕。笑啼啼又笑,宛转工媚妩〔4〕。
低窥疑欲下,转盼忽惊举〔5〕。花暗柳阴阴,尚记儿时语。诗
家此尤物〔6〕,名字喧乐府。天真累丝竹,容服仍楚楚。宫额
画眉阔〔7〕,黛黑抹金缕〔8〕。恨不掌上看,毛羽得细数。山
城无与乐,好鸟亦求侣。时将贯珠来,有唱当和汝。

49

〔1〕莺亦名黄鹂、黄鸟,也叫做黄栗留。遍身黄色,羽、尾夹杂黑色,眉为黑色。春夏之交,鸣声圆滑。这诗中有"山城无与乐"的句子,约为内乡所作。

〔2〕樾(yuè月):树荫。衡宇:家舍。

〔3〕姹(chà岔):颜色美好。

〔4〕媚妩(wǔ五):柔顺。

〔5〕盼:看。

〔6〕尤物:美物。

〔7〕宫额眉阔:后汉宫女好广眉,扩到半额(《后汉书·马廖传》)。

〔8〕黛:青黑色的颜料,古时妇女用它画眉。缕:线。

范宽秦川图张伯玉殁后同麻征君知几赋〔1〕

乱山如马争欲前,细路起伏蛇蜿蜒。秦川之图范宽笔〔2〕,来从米家书画船〔3〕。变化开阖天机全〔4〕,浓淡复露清而妍。云兴霞蔚几千里〔5〕,着我如在峨嵋巅。西山盘盘天与连,九点尽得齐州烟〔6〕。浮云未清白日晚,矫首四顾心茫然〔7〕。全秦天地一大物,雷雨㳠洞龙头轩〔8〕。因山分势合水力,眼底廓廓无齐燕。我知宽也不办此,渠宁有笔如修椽?紫髯落落西溪君〔9〕,长剑倚天冠切云〔10〕,望之见之不可亲。元龙未除湖海气〔11〕,李白岂是蓬蒿人〔12〕?爱君恨不识君早,乃今得子胸中秦,作诗一笑君应闻!予七年前过郾城,伯玉知予来而都无宾主意,予亦偃塞而去;尔后虽愿交而髯殁矣,未尝不以为恨也。今日子思兄弟出此图,求予赋诗,酒恶无聊中勉为赋。此画本米元章家物,有韩子苍题名,元章以为中立,元晖以为中正。以予观之,此特张髯胸中物耳,知者当不以吾为过云。

〔1〕范宽名中正,字仲立,宋华原人。性温厚有大度,故时目为范宽。作画写山水真骨,自成一家(《圣朝名画评》)。根据自注"予七年前过郾城"来推断(元好问曾于元光二年过郾城),这诗应是正大六年所作。

〔2〕秦川:源出陕西秦岭,一名樊川。

〔3〕米家:米芾字元章,与其子友仁字元晖,都是宋朝名画家。黄庭坚诗:"定是米家书画船。"

〔4〕阖(hé 何):闭。

〔5〕蔚(wèi 卫):盛。

〔6〕齐州:中国也。(《尔雅·释地注》)九点齐州烟,犹言中国九州。李贺《梦天》诗:"遥望齐州九点烟。"

〔7〕矫:举。

〔8〕潀洞:读如轰同,水势相连貌。轩:这里作"自得"解。

〔9〕髯(rán 然):颊上的须。西溪君:指张毅,字伯玉,许州人。

〔10〕切云:战国时的高冠之名。《楚辞》:"冠切云之崔嵬。"

〔11〕元龙:陈登的字。许汜谓"元龙湖海之士,豪气未除"(《三国志·陈登传》)。

〔12〕"李白"句:李白诗:"我辈岂是蓬蒿人。"

被檄夜赴邓州幕府〔1〕

幕府文书鸟羽轻〔2〕,敝裘羸马月三更。未能免俗私自笑,岂不怀归官有程。十里陂塘春鸭闹，一川桑柘晚烟平[3]。此生只合田间老，谁遣春官识姓名[4]。

〔1〕正大七年，适当元好问丁母忧住在内乡白鹿原的时候，邓州帅移剌瑗请他担任幕僚（移剌瑗事迹见《金史·武仙传》）。

〔2〕"幕府"句：古时，传递紧急公文，上插鸡羽以表示迅速，叫做羽檄。幕府，军府。

〔3〕柘（zhè 这）：桑树的一类。

〔4〕春官：唐时称礼部为春官。

歧阳三首[1]

突骑连营鸟不飞，北风浩浩发阴机。三秦形胜无今古，千里传闻果是非。偃蹇鲸鲵人海涸[2]，分明蛇犬铁山围。穷途老阮无奇策，空望歧阳泪满衣[3]。

百二关河草不横[4]，十年戎马暗秦京。歧阳西望无来信，陇水东流闻哭声。野蔓有情萦战骨，残阳何意照空城！从谁细向苍苍问[5]，争遣蚩尤作五兵[6]！

眈眈九虎护秦关[7]，懦楚孱齐机上看[8]。《禹贡》土田推陆海[9]，汉家封徼尽天山[10]。北风猎猎悲笳发，渭水潇潇战骨寒。三十六峰长剑在[11]，倚天仙掌惜空闲[12]。

〔1〕歧阳，今陕西凤翔。正大八年（蒙古太宗窝阔台三年，公元一二三一年）正月，蒙古军围凤翔，四月城破（《金史·哀宗本纪》）。

52

〔2〕偃蹇(yǎn jiǎn眼简):傲慢;高盛。鲵(ní尼):大鱼。

〔3〕"穷途"二句:阮籍行车不由径路,车迹所穷,就痛哭而返(《晋书·阮籍传》)。

〔4〕百二关河:秦地险固,二万人足当诸侯百万人(《史记·高祖本纪·苏林注》)。

〔5〕苍苍:天。

〔6〕蚩尤:《史记·五帝本纪》:"蚩尤作乱,黄帝征师诸侯,与蚩尤战于涿鹿之野,遂禽杀蚩尤。"这里指蒙古军。

〔7〕九虎:金宣宗兴定二年置秦关等处九个守御使。

〔8〕孱(chán缠):弱。机上:指屠机上的肉(《魏志·吴质传》)。意思是说没有生命,任人摆布。

〔9〕《禹贡》:《尚书》中的一篇。陆海:指地势高平物产丰饶的地区。古代以陕西为"天下陆海之地"(《汉书·东方朔传》)。

〔10〕徼(jiào较):边境。

〔11〕三十六峰:嵩山三十六峰。全句是说嵩山可以做防堵敌人的屏障。

〔12〕仙掌:华山东峰叫做仙人掌。全句是暗指华山方面的防备不足,如同空闲着一样。

壬辰十二月车驾东狩后即事〔1〕(五首选三)

惨淡龙蛇日斗争〔2〕,干戈直欲尽生灵。高原水出山河改,战地风来草木腥。精卫有冤填瀚海〔3〕,包胥无泪哭秦庭〔4〕!并州豪杰今谁在,莫拟分军下井陉〔5〕?

郁郁围城度两年,愁肠饥火日相煎[6]。焦头无客知移突[7],曳足何人与共船[8]?白骨又多兵死鬼,青山元有地行仙[9]。西南三月音书绝,落日孤云望眼穿!

万里荆襄入战尘,汴州门外即荆榛[10]。蛟龙岂是池中物[11],虮虱空悲地上臣[12]!乔木他年怀故国[13],野烟何处望行人[14]?秋风不用吹华发[15],沧海横流要此身[16]。

〔1〕壬辰为金哀宗天兴元年(蒙古太宗窝阔台四年,公元一二三二年)。这年正月,蒙古军围汴京,其后虽一度讲和,但汴京粮尽。十二月,哀宗亲自出征,行抵黄河北岸,因军事失利,退走归德。这年元好问任左司都事,居围城中。

〔2〕惨淡:处心积虑。

〔3〕精卫:中国古代神话中的海边小鸟,一名冤禽。常衔西山木石以填东海。

〔4〕包胥:亦作申包胥,春秋楚大夫。尝求援于秦,依庭墙痛哭七日,秦乃发兵救楚。以上两句,谓蒙古军攻打汴京,金人冤恨得很,而又无处求援。

〔5〕井陉:关名,在今河北井陉山上。

〔6〕"郁郁"二句:汴京围城中,百姓食尽,无以自生,米升直银二两,贫民往往食人,殍死者相望(《归潜志·录大梁事》)。

〔7〕突:炉灶的烟囱。有一客人到主人家,见主人灶上直突,建议换为曲突,以防火灾。主人不听。其后这家果然失火,邻人前往救火者,烧得焦头烂额(《汉书·霍光传》)。全句是说金朝缺少有远见的谋臣。

〔8〕曳(yè 页)足:拉足。马援进攻壶头,敌人居高守隘,船不得上。这时援得了病,每听见敌人活动,就曳足以观(《后汉书·马援传》)。全

54

句是说金朝没有勇敢的战将。

〔9〕地行仙:原出佛书《楞严经》。五代张筠居洛阳,以声色自娱,人们称为地仙。这里比喻金朝的官吏都是些贪图安乐享受者。

〔10〕荆榛:杂生的树木。

〔11〕"蛟龙"句:周瑜说:"刘备枭雄,必非久屈为人用者,恐蛟龙得云雨,终非池中物。"(《吴志·周瑜传》)这里指金哀宗。

〔12〕虮虱臣:唐卢仝《月蚀》诗:"地上虮虱臣仝告诉天帝皇。"此是作者自喻。

〔13〕乔木:高树。故国有乔木,语出《孟子》。

〔14〕"野烟"句:唐昭宗在兴元填《菩萨蛮》词,有"野烟生碧树,陌上行人去,何处有英雄,迎侬回故宫"。这里希望有人能把哀宗迎回汴京。

〔15〕华发:黑白相间的头发。

〔16〕要:挟。

眼 中〔1〕

眼中时事益纷然,拥被寒窗夜不眠。骨肉他乡各异县,衣冠今日是何年! 枯槐聚蚁无多地,秋水鸣蛙自一天〔2〕。何处青山隔尘土,一庵吾欲送华颠〔3〕。

〔1〕按诗意这诗似作于围城中。

〔2〕"枯槐"二句:这两句是说,已经留下一小块濒于危亡的地盘,而大家的意见还不能一致。

〔3〕华颠:白头。

俳体雪香亭杂咏亭在故汴宫仁安殿西[1]（十五首选八）

洛阳城阙变灰烟，暮虢朝虞只眼前[2]。为向杏园双燕道，营巢何处过明年？

落日青山一片愁，大河东注不还流。若为长得熙春在[3]，时上高层望宋州[4]。

醇和旁近洞房环，碧瓦参差竹木闲。批奏内人轮上直[5]，去年名姓在窗间。醇和殿名。

杨柳随风散绿丝，桃花临水弄妍姿。无端种下青青竹，却到湘君泪尽时[6]！

琵琶心事曲中论，曾笑明妃负汉恩[7]。明日天山山下路，不须回首望都门。

炉薰浥浥带轻阴，翠竹高梧水殿深。去去毡车雪三尺，画罗休缕麝香金。泥金色如麝香，宫中所尚。

罗绮宫中二十年[8]，更持桃李向谁妍？人生只合梁园死[9]，金水河头好墓田[10]。

暖日晴云锦树新，风吹雨打旋成尘。宫园深闭无人到，自在流莺哭暮春。

〔1〕凡带有游戏性的诗文，古人叫做俳体。天兴二年四月，金守将崔立以汴京降蒙古。四月二十日，宫车三十七辆，把太后、中宫、妃嫔、宗族男女五百余口，起运北行（《金史·崔立传》）。就在这时，作者入览故

宫,感物兴怀,所以诗中充满悲凉凄绝的情调。

〔2〕"暮虢"句:荀息向晋献公建议假虞灭虢的方策,他说:"君若用臣之谋,则今日取虢,而明日取虞尔"(《公羊传》僖公二年)。此指宋与蒙古联合灭金而言。

〔3〕熙春:阁名。宋徽宗所修,蒙古军攻汴,这阁未被损毁(《归潜志》卷七)。

〔4〕宋州:归德。时哀宗在归德。

〔5〕"批奏"句:金朝皇帝批帖子,要将宫女唤到床前轮流值班(《辍耕录》)。

〔6〕湘君:湘水之神。相传为尧之女,舜之妃。从舜南巡,舜死,她啼哭,泪滴竹上,竹起斑文。

〔7〕"琵琶"二句:汉王嫱字昭君,晋人避司马昭讳,改称明君,后世也称做明妃。昭君于元帝时入宫,元帝不宠爱她,后以赐匈奴王,昭君乃作怨歌。琴曲中有《昭君怨》。金哀宗宝符李氏,国亡,从太皇太后北迁,至宣德州摩诃院,李氏于佛像前自杀(《归潜志》)。

〔8〕罗绮(qǐ 岂):丝织品。

〔9〕梁园:西汉梁孝王筑东苑(《史记·梁孝王世家》),世称梁园。这里泛指开封。

〔10〕金水河:源出荥阳黄堆山,建隆三年,引灌皇城,流注宫内池沼(《玉海》)。金国南迁,某后不愿转徙,愿死在汴京(蒋平仲《山房随笔》)。

癸巳四月二十九日出京〔1〕

塞外初捐宴赐金〔2〕,当时南牧已骎骎〔3〕。只知灞上真儿戏[4]，谁谓神州遂陆沉[5]！华表鹤来应有语[6]，铜槃人去亦何心[7]？兴亡谁识天公意，留着青城阅古今！国初取宋，于青城受降[8]。

〔1〕癸巳为天兴二年，元好问官左右司员外郎。崔立降蒙古后，元就在四月二十九日被蒙古军羁管出京，暂住青城。诗中对金朝灭亡，流露着回肠荡气的愤慨。

〔2〕"塞外"句：金自正隆以后，为了和好蒙古，常常举行宴赐。明昌二年，规定每五年宴赐一次（《金史·李愈传》）。

〔3〕南牧：南下牧马。骎（qīn 侵）骎：马行快速貌。全句是形容蒙古势力向南发展的迅速。

〔4〕灞上：即霸上，在今陕西西安市东。汉文帝到霸上及棘门军劳军，对群臣说："曩者，霸上棘门军，若儿戏耳，其将固可袭而虏也"（《史记·绛侯周勃世家》）。这里是说金兵没有战斗力量。

〔5〕陆沉：大陆沦陷。比喻国家灭亡。

〔6〕"华表"句：古神话说，汉辽东人丁令威，学道化为白鹤，飞到辽东城门华表柱上，说："有鸟有鸟丁令威，去家千年今始归，城郭如故人民非，何不学仙去，空学冢累累。"（《搜神记》）

〔7〕"铜槃"句：见《西园》（七古）注。

〔8〕"国初"二句：大梁城南五里，号青城，乃金国初粘罕驻军受宋二帝降处，当时后妃皇族皆诣焉，因尽俘而北。后天兴末，崔立以城降，北兵亦于青城下寨，而后妃内族复诣此地，多僇死（《归潜志》卷七）。

癸巳五月三日北渡三首[1]

道傍僵卧满累囚[2]，过去辒车似水流。红粉哭随回鹘马〔3〕,为谁一步一回头!

随营木佛贱于柴,大乐编钟满市排〔4〕。虏掠几何君莫问,大船浑载汴京来!

白骨纵横似乱麻,几年桑梓变龙沙〔5〕。只知河朔生灵尽,破屋疏烟却数家。桑梓其剪为龙沙乎?郭璞语。

〔1〕这诗是天兴二年五月初三日元好问被蒙古军羁管,从青城北渡聊城(今山东聊城)的途中所作。诗中描绘出战后的凄惨景象以及蒙古军的掠夺行为。

〔2〕累(léi 雷):互相连缀。

〔3〕回鹘:指蒙古。

〔4〕"大乐"句:元朝初年,曾大量地搜括金朝的乐器(《元史·礼乐志》)。

〔5〕桑梓:父母之邦。龙沙:《后汉书·班超传》注:"葱岭、雪山、龙堆,沙漠也。"后世以龙沙泛指塞外。

淮右〔1〕

淮右城池几处存〔2〕?宋州新事不堪论〔3〕!辅车谩欲通吴会〔4〕,突骑谁当捣蓟门〔5〕!细水浮花归别涧,断云含雨入孤村〔6〕。空余韩偓伤时语〔7〕,留与累臣一断魂〔8〕。

〔1〕从"断云含雨"以及诗意来推测,这诗约作于天兴二年五月间。这时,宋军孟珙败金将武仙于顺阳(今河南淅川),取邓州。哀宗在宋

州,受制于官奴,后逼走蔡州(今河南汝南)。这阴黯的时局,引起作者深切的感慨。

〔2〕淮右:淮西。全句是说宋军夺走顺阳、邓州等地。

〔3〕"宋州"句:哀宗在宋州,被官奴囚在照碧堂,日夜悲泣。

〔4〕辅车:颊辅和牙车。辅车相依,出《左传》。谩:同漫。今俗语以"不用"、"不要"为谩,如"漫说"。吴会:吴郡、会稽。这里指南宋。全句说金跟南宋,辅车相依,叹惜它们没有达成和议。

〔5〕蓟门:遗址在今北京德胜门西北。这里指蒙古。这时蒙古军取洛阳,金守将强伸被杀。

〔6〕"细水"二句:引用韩偓《春尽》原文,形容金朝前途的黯淡无光。

〔7〕韩偓:晚唐诗人。昭宗时,官兵部侍郎、翰林学士承旨,愤朱温跋扈,诗多伤时之作。有《韩内翰别集》传于今。

〔8〕累臣:拘系之臣。表明自己正被羁管着。

秋夜[1]

九死余生气息存,萧条门巷似荒村。春雷谩说惊坯户[2],皎日何曾入复盆[3]?济水有情添别泪,吴云无梦寄归魂。百年世事兼身事,尊酒何人与细论。

〔1〕天兴二年,金汴京守将崔立降蒙古后,自以为拯救了"百万生灵",想立碑以歌颂自己的功德。碑文最初让王若虚、元好问来写作。王、元又找到太学生刘祁、麻革执笔;刘祁写成草稿,由元、王、麻加以删

60

定。跟着蒙古军入城,碑的下落不明。这诗的三四两句,就是指崔立碑而言。

〔2〕坏(pī 批):以土封闭缝隙。《礼记·月令》:"蛰虫坏户。"

〔3〕复盆:被复于盆内,则阳光射不进去。所以沉冤莫白为复盆。以上二句是说他自己卷入了崔立碑文的撰作,遭到世人指摘,难以申辩。

续小娘歌十首〔1〕

吴儿沿路唱歌行,十十五五和歌声。唱得小娘相见曲,不解离乡去国情。

北来游骑日纷纷,断岸长堤是阵云。万落千村藉不得〔2〕,城池留着护官军。

山无洞穴水无船,单骑驱人动数千。直使今年留得在,更教何处过明年?

青山高处望南州,漫漫江水绕城流。愿得一身随水去,直到海底不回头。

风沙昨日又今朝,踏碎鸦头路更遥〔3〕。不似南桥骑马日,生红七尺系郎腰。

雁雁相送过河来,人歌人哭雁声哀。雁到秋来却南去,南人北渡几时回!

竹溪梅坞静无尘〔4〕,二月江南烟雨春。伤心此日河平路〔5〕,千里荆榛不见人。

太平婚嫁不离乡,楚楚儿郎小小娘〔6〕。三百年来涵养出,却将沙漠换牛羊〔7〕。

饥乌坐守草间人〔8〕,青布犹存旧领巾〔9〕。六月南风一万里,若为白骨便成尘。

黄河千里扼兵冲,虞虢分明在眼中。为向淮西诸将道,不须夸说蔡州功〔10〕。

〔1〕蒙古军在对金战争的过程中,经常掠夺中原人民,没入为奴。这诗就是描述蒙古军灭金时掠民北移的情况。从诗中"唱得小娘相见曲"来看,可以知道当时已有小娘歌在流传着,所以作者才来"续"它。

〔2〕落:村落。藉:依托。

〔3〕鸦头:妇女穿的歧头袜子,叫做鸦头袜。

〔4〕坞(wù 物):堡子。

〔5〕河平:金朝置河平军,在今河南卫辉市。

〔6〕楚楚:鲜明貌。

〔7〕"三百年"二句:从五代至金亡,共为三百余年。意思是说,自沙陀族在中原建立王朝以后,中原女子被逼到塞外结婚者,已经形成习惯。

〔8〕"饥乌"句:乌孙王昆莫初生,其父难兜靡为大月氏所杀。傅父布就翕侯抱他逃亡。为了给他寻找食物,把他放在草中。返回以后,有乌衔着肉,在他的身旁(《汉书·张骞传》)。

〔9〕领巾:古代妇人的披巾。

〔10〕"不须"句:天兴三年(宋端平元年,蒙古太宗六年,公元一二三四年)正月,宋与蒙古联合,攻陷蔡州,宋人获金哀宗残骸,大事庆祝(《齐东野语》)。这首诗是说,金亡以后,宋跟着也快要消灭,所以不必夸耀蔡州战功。

即事〔1〕

逆竖终当鲙缕分〔2〕,挥刀今得快三军。燃脐易尽嗟何及〔3〕,遗臭无穷古未闻〔4〕!京观岂当诬翟义〔5〕,衰衣自合从高勋〔6〕。秋风一掬孤臣泪〔7〕,叫断苍梧日暮云〔8〕。

〔1〕天兴三年六月,宋军已临汴京附近,金安平都尉李伯渊等刺杀崔立。这诗对崔立发出深恶痛绝的气愤。

〔2〕逆竖:叛逆,指崔立。鲙:同脍,肉丝。

〔3〕燃脐:董卓被杀后,守尸吏燃火置卓脐中(《后汉书·董卓传》)。

〔4〕遗臭:恶名传于后世。

〔5〕京观:积尸封土其上,以表示战功者。王莽篡汉,东郡守翟义起兵,讨莽失败,莽收义尸,筑为京观(《汉书·翟义传》)。

〔6〕衰衣:丧服。契丹张彦泽任意杀人,后被阁门使高勋把他杀死,剖心以祭死者(《契丹国志》)。以上二句诗,是称赞李伯渊的行为并斥责崔立罪有应得。

〔7〕掬(jū 居):两手承取。

〔8〕苍梧:舜崩于苍梧。此指哀宗。

梦 归

憔悴南冠一楚囚〔1〕,归心江汉日东流。青山历历乡国梦,黄叶潇潇风雨秋。贫里有诗工作祟,乱来无泪可供愁。残年兄弟相逢在,随分齑盐万事休。

〔1〕楚囚:晋侯观于军府,见钟仪。曰:"南冠而絷者谁也?"有司对曰:"郑人所献楚囚也"(《左传》成公九年)。世以处境窘迫者为楚囚。

送仲希兼简大方〔1〕

家亡国破此身留,留滞聊城又过秋。老去天公真溃溃〔2〕,乱来人事转悠悠。棋中败局从谁复?镜里衰容只自羞。方外故人如见问〔3〕,为言乘兴欲东流。

〔1〕仲希,女真贵族,为人尚风义,善骑射,乐与士大夫游,元好问相当赞许他(《秋涧集·杂著》)。郭大方是出家人,元好问曾有《郭大方自适轩》诗。
〔2〕溃溃:乱貌。
〔3〕方外:如言"世外",世称僧道为方外。

甲午除夜〔1〕

暗中人事忽推迁,坐守寒灰望复燃。已恨太官余曲饼〔2〕,争教汉水入胶船〔3〕。神功圣德三千牍〔4〕,大定明昌五十年〔5〕。甲子两周今日尽〔6〕,空将衰泪洒吴天。

〔1〕甲午为天兴三年。这年正月,宋军孟珙攻入蔡州,哀宗自杀,金亡。这诗对于金的灭亡,流露出极度的伤感。

〔2〕"已恨"句:晋愍帝时大饥,太仓仅余曲饼数十,供帝食用(《晋书·愍帝纪》)。这里是说金朝末年食粮缺乏。

〔3〕"争教"句:周昭王过汉水,船人用胶船载他,行至中流,船解,昭王被水淹死(《帝王世纪》)。这里是说哀宗之死。

〔4〕牍:文书。东方朔初上书,凡用三千奏牍(《史记·东方朔传》)。

〔5〕大定:金世宗年号,世宗在位凡二十九年。明昌:章宗年号,章宗在位共十九年。世宗章宗两朝是金朝统治最巩固昌盛的时期。

〔6〕"甲子"句:甲子一周为六十年。从金太祖收国元年乙未,至哀帝天兴三年甲午,恰恰一百二十年。

学东坡移居〔1〕(八首选四)

废地三亩余,十年长蒿莱。瓦砾杂粪壤,白骨深苍苔〔2〕。孤客无所投,即此营茅斋〔3〕。垦劚岂不苦〔4〕?寝处亦可怀。辱身贱者事〔5〕,宁当惜筋骸〔6〕?伐木荒山中,运甓古城隈〔7〕。辛勤八十日,吾事乃得谐〔8〕。买宅必万钱,一钱不天来。今晨见此屋,一笑心颜开。

壬辰困重围,金粟论升勺〔9〕。明年出青城〔10〕,瞑目就束缚。毫厘脱鬼手〔11〕,攘臂留空橐〔12〕。聊城千里外,狼狈何所托〔13〕!诸公颇相念,余粒分凫鹤〔14〕。得损不相偿,抔土填巨壑[15]。一冬不制衣,缯纩如纸薄[16]。一日仅两食,强半杂藜藿[17]。不羞蓬累行[18],粗识瓢饮乐[19]。敌贫如敌寇,自信颇亦愨[20]。儿辈饭箩空,坚阵为屡却。沧溟浮一叶[21],渺不见止泊。五穷果何神[22],为戏乃尔虐!

旧隐嵩山阳,笋蕨丰馈饷[23]。新斋浙江曲[24],山水穷放浪。乾坤两茅舍,气压华屋上。一从陵谷变,归顾无复望。樵渔忆还往,风土梦闲旷。恍如悟前身,姓改心不忘。去年住佛屋[25],尽室寄寻丈。今年傲民居[26],卧榻碍盆盎[27]。静言寻祸本,正坐一出妄。青山不能隐,俛首入羁鞅[28]。巢倾卵随复,身在颜亦强。空悲龙鬐绝[29],永负鱼腹葬[30]。置锥良有余,终身志惩创。

国史经丧乱,天幸有所归[31]。但恨后十年,时事无人知。废兴属之天,事岂尽乖违?传闻入仇敌,只以兴骂讥。老臣与存亡,高贤死兵饥。身死名亦灭,义士为伤悲。哀哀淮西城,万夫甘伏尸。田横巨擘耳[32],犹为谈者资。我作《南冠录》[33],一语不及私。稗官杂家流[34],《国风》贱妇诗[35]。成书有作者,起本良在兹。朝我何所营,暮我何所思。胸中有茹噎[36],欲得快吐之。湿薪烟满眼,破砚冰生髭[37]。造物留此笔,吾贫复何辞。

〔1〕东坡为苏轼别号,曾作移居诗。元好问于蒙古太宗七年(公元一二三五年),由冠氏(今山东冠县)县令赵天锡的帮助,盖起几间房子(见所作《戏题新居二十韵》),于是从聊城移家住此。

〔2〕苔:青苔,隐花植物的一种。

〔3〕斋:书房。

〔4〕斸(zhǔ 主):砍。

〔5〕辱身:指羁管而言。

〔6〕骸:骨。

〔7〕甓(pì 僻):砖。陶侃为广州刺史,无事时,每天运一百个甓,练习劳动(《晋书》本传)。

〔8〕谐:和合。事情办了,叫做事谐。

〔9〕勺:容量名,十勺为一合。金粟:指食粮贵如黄金。

〔10〕青城:见《癸巳四月二十九日出京》注及《北渡》题解。

〔11〕"毫厘"句:形容与死的距离很近,只有一毫一厘了。

〔12〕攘臂:奋臂以起。囊(tuó 驼):布袋。全句说被人抢夺,仅余空袋。

〔13〕狼狈:处境困苦。

〔14〕凫(fú 浮):野鸭。

〔15〕抔(póu 裒):掬。

〔16〕缯(zēng 增):丝织品的总名。纩(kuàng 矿):丝绵。指衣服而言。

〔17〕藜藿:灰藋,灰菜。

〔18〕蓬累行:即头戴物,用两手扶着走路(《史记·老庄列传·索隐》)。

〔19〕"粗识"句:孔子弟子颜回,生活很苦,一箪食,一瓢饮,仍然感觉快乐。

〔20〕愨(què 确):诚。

〔21〕沧溟:海。

〔22〕五穷:韩愈《送穷文》以智穷、学穷、文穷、命穷、交穷等五穷为五鬼。

〔23〕笋:竹根的嫩芽。馈:赠送。

〔24〕新斋:元好问卸内乡县令后,出居县东南白鹿原,名其所居曰新斋(作者有《新斋赋》)。

〔25〕"去年"句:去年指蒙古太宗六年,当时作者寄居聊城至觉寺。

〔26〕僦(jiù 就):租。

〔27〕盎:盆。

〔28〕鞅(yāng 央):套在马颈上的绳索。

〔29〕龙髯:意指金朝。

〔30〕"永负"句:屈原《渔父》:"宁赴湘流,葬于江鱼之腹中。"

〔31〕"国史"二句:金亡以后,国史实录存在顺天道万户张柔家里。

〔32〕田横:本齐王田氏的本族,秦末称王。汉高祖刘邦既定天下,横与部属五百人,逃入海岛。刘邦派人召他,他与部属五百人一齐自杀。巨擘(bò 檗):大拇指。

〔33〕《南冠录》:元好问于羁管聊城时,作《南冠录》,记录先世、行年、先朝事迹。其书今佚。

〔34〕稗官:《汉书·艺文志》:"小说家者流,盖出于稗官。"后世以稗官指小说。

〔35〕"《国风》"句:《诗经·国风》,出自民间歌谣,站在封建统治阶级立场,则以系"贱妇诗"。作者认为这"贱妇诗",却是著作的根本。

〔36〕茹:吃。噎:食物塞在喉咙叫做噎。

〔37〕髭(zī 资):唇上的须。

三仙祠

三仙祠下往来频,憔悴征衫满路尘。箫鼓未休寒食酒,樵苏时见旧都人[1]。吹残芳树红仍在,碾破平田绿已匀。西北并州隔千里,几时还我故乡春?

〔1〕苏:拾草者。

济南杂诗[1](十首选四)

华山真是碧芙渠[2],湖水湖光玉不如。六月行人汗如雨,西城桥下见游鱼。

白烟消尽冻云凝,山月飞来夜气澄。且向波间看玉塔,不须桥畔觅金绳[3]。

荷叶荷花烂漫秋,鹭鸶飞近钓鱼舟。北城佳处经行遍,留着南山更一游。

看山看水自由身,着处题诗发兴新。日日扁舟藕花里,有心长作济南人。

〔1〕元好问《济南行记》,说他游济南的时间为"乙未秋七月"。乙未为蒙古太宗七年,这诗与《泛舟大明湖》,都作于此时。

〔2〕华山:济南华不注山,即千佛山。芙渠:即芙蕖,或作芙蓉,莲花。

〔3〕"不须"句:作者《济南行记》:"金线泉有纹若金线……徘徊泉上者三四日,然竟不见也。"

泛舟大明湖待杜子不至^{〔1〕}

长白山前绣江水^{〔2〕}，展开荷花三十里。看山水底山更佳，一堆苍烟收不起。山从阳丘西来青一湾^{〔3〕}，天公掷下半玉环。大明湖上一杯酒，昨日绣江眉睫间。晚凉一棹东城渡，水暗荷深若无路。江妃不惜水芝香^{〔4〕}，狼藉秋风与秋露。兰襟郁郁散芳泽，罗袜盈盈见微步。《晚晴》一赋画不成，枉着风标夸白鹭^{〔5〕}。我时骖鸾追散仙^{〔6〕}，但见金支翠蕤相后先^{〔7〕}。眼花耳热不称意，高唱吴歌叩两舷^{〔8〕}。唤取樊川摇醉笔^{〔9〕}，风流聊与付他年。

〔1〕大明湖在今山东济南市区北部，周围十余里。杜子为杜仁杰。

〔2〕长白山：在今山东邹平南二十五里，绣江发源于此。

〔3〕阳丘：在今山东章丘东南十五里。

〔4〕江妃：江水的女神（见《列仙传》）。水芝：荷花（《古今注》）。"江妃"以下四句，描写江妃出现后的情态。

〔5〕"《晚晴》"二句：杜牧有《晚晴赋》。赋里有"白鹭潜来兮，邀风标之公子"。风标，风度仪态。二句是说，这样的景致，杜牧的《晚晴赋》，也描绘不出来，只好夸夸白鹭的风采罢了。

〔6〕骖鸾（cān luán 餐孪）：驾上青鸾鸟。

〔7〕蕤（ruí 绥）：草木花下垂的样子。

〔8〕舷：船边。韩愈诗："脚敲两舷唱吴歌。"

〔9〕樊川：杜牧，晚唐诗人，著有《樊川文集》，传于今。此处是指杜

仁杰。

冠氏赵庄赋杏花[1] (选二首)

文杏堂前千树红,云舒霞卷涨春风。荒村此日肠堪断,回首梁园是梦中。

锦树烘春烂不收,看花人自为花愁。荒蹊明日知谁到[2],凭杖诗翁为少留。

〔1〕这诗约系作者到冠氏第二年(公元一二三六年)的作品。原四首选二。

〔2〕蹊(xī 溪):小路。

自赵庄归冠氏 (二首选一)

杏园红过雪披离[1],杨柳无风绿线齐。寒食人家在原野,乳鸦墙外尽情啼。

〔1〕披离:枝叶散乱貌。

游黄华山[1]

黄华水帘天下绝[2],我初闻之雪溪翁[3]。丹霞翠壁高欢宫〔4〕,银河下濯青芙蓉。昨朝一游亦偶尔,更觉摹写难为功。是时气节已三月,山木赤立无春容。湍声汹汹转绝壑,雪气凛凛随阴风。悬流千丈忽当眼,芥蒂一洗平生胸〔5〕。雷公怒击散飞雹,日脚倒射垂长虹。骊珠百斛供一泻〔6〕,海藏翻倒愁龙公。轻明圆转不相碍,变见融结谁为雄?归来心魄为动荡,晓梦月落春山空。手中仙人九节杖〔7〕,每恨胜景不得穷。携壶重来岩下宿,道人已约山樱红。

〔1〕黄华山即隆虑山,也称做林虑山,在河南林州市西北二十五里。山的北岩有瀑布。元好问游此山,约在蒙古太宗九年。

〔2〕水帘:瀑布。

〔3〕雪溪翁:王庭筠,字子端,号雪溪。大定十六年甲科,官供奉翰林。曾卜居彰德,买田隆虑,读书黄华山寺(《金史》本传)。

〔4〕高欢:北齐神武帝。曾在黄华山插天峰下筑避暑宫。

〔5〕芥蒂:胸中点滴的遗憾。

〔6〕骊(lí 离):骊龙。骊珠是形容水的喷流如同龙吐珠子一样。

〔7〕九节杖:古神话说,王烈授赤城老人九节苍藤杖,拄杖行地上,跑马也赶不上(《列仙传》)。

卫州感事二首〔1〕

神龙失水困蜉蝣,一舸仓皇入宋州。紫气已沉牛斗夜〔2〕,白云空望帝乡秋。劫前宝地三千界〔3〕,梦里琼枝十二楼〔4〕。欲就长河问遗事,悠悠东注不还流。

白塔亭亭古佛祠,往年曾此走京师。不知江令还家日[5],何似湘累去国时[6]!离合兴亡遽如此,栖迟零落竟安之?太行千里青如染,落日栏干有所思。落日一作独凭。

〔1〕卫州,北周所置,金升为河平府,在今河南卫辉市。天兴二年正月,金哀宗到河北,计划收复卫州,与蒙古军交战,遭到惨重的失败,于是逃走归德(《金史·哀宗纪》)。元好问于蒙古太宗九年秋,从冠氏回忻州,这年冬天又返回冠氏。当他路过卫州时,联想起金朝失败的往事。

〔2〕紫气:古代以紫气象征圣人(《关令尹内传》)。牛、斗:是二星名。全句是说金朝的气运已在沉落。

〔3〕三千界:佛家说,世间有"三千大千世界"(《华严经》)。这句是形容金朝未亡前的盛况。

〔4〕十二楼:古代传说黄帝为五城十二楼以候神人(《汉书·郊祀志》)。琼(qióng 穷)枝:古神话说,琼树生长昆仑山上,食其花可以长生(《楚辞注》)。全句形容金朝当年是"神仙世界"。

〔5〕江令:江总。梁朝江总避侯景之乱,辗转年余,才到了会稽,和家人会晤(《梁书·江总传》)。

〔6〕累:不是由于犯罪而死的称做累。湘累,指屈原投湘水自杀。

天井关[1]

石磴盘盘积如铁,牛领成创马蹄穴。老天与世不相关,玄圣栖栖此回辙[2]。二十年前走去声大梁[3],当时尘土困名场。山头千尺枯松树,又见单车下太行。自笑道涂头白了,依然直北有羊肠[4]。

[1] 天井关在今山西晋城南四十五里,当太行山绝顶。元好问从冠氏回乡,路过这里。

[2] 玄圣:孔子。栖栖:皇皇不安居的样子。回辙:回车。古代传说,孔子想来晋国,走到太行山顶,听见赵简子杀了窦鸣犊的消息,于是回车而去。

[3] 大梁:汴京。

[4] 羊肠:即羊肠坂道,在天井关南。

羊肠坂[1]

浩荡云山直北看,凌兢羸马不胜鞍[2]。老来行路先愁远,贫里辞家更觉难。衣上风沙叹憔悴,梦中灯火忆团圞[3]。凭谁为报东州信,今在羊肠百八盘。

[1] 羊肠坂有二处,一在山西壶关东南一百另六里,一在太原北九十里。根据天井关诗的"依然直北有羊肠"以及这诗"老来行路先愁远,贫里辞家更觉难"这些句子来推断,作者所吟,是壶关东南的羊肠坂。因为太原北的羊肠坂,和系舟山平行,相离不过三十里路,阔别二十年的家乡在望,他的心情当然和在壶关不同。

[2] 凌:战栗。兢:戒慎。凌兢,是形容害怕小心的样子。

[3] 圞(luán 孪):团圆。

雨夜〔1〕

梦里孤篷雨打秋,茅斋元更小于舟。无钱正坐诗作祟,识字重为时所仇。千里谩思黄鹄举,六年真作贾胡留〔2〕。并州北望山无数,一夜砧声人白头。

〔1〕从"六年真作贾胡留"来看,这诗作于蒙古太宗十年。
〔2〕贾(gǔ 古):商人。贾胡,胡人为商者。"伏波(马援)类西域贾胡,到一处辄止"(《后汉书·马援传》)。元好问自到聊城,至此恰为六年。

出东平〔1〕

老马凌兢引席车,高城回首一长嗟。市声浩浩如欲沸,世路悠悠殊未涯。潦倒本无明日计〔2〕,往来空置六年家。东园花柳西湖水〔3〕,剩着新诗到处夸。

〔1〕东平即今山东东平县,元好问于蒙古太宗十年曾来过这里。
〔2〕潦(liáo 聊)倒:不得意。
〔3〕东园:在东平。西湖:大明湖。

榆社峡口村早发[1]

瘦马长途懒着鞭,客怀牢落五更天。几时不属鸡声管,睡彻
东窗日影偏。

〔1〕榆社即今山西榆社县,峡口村在其北八里。元好问于蒙古太
宗十年八月,从冠氏起程还乡。此诗是路过榆社所作。

初挈家还读书山杂诗四首[1]

并州一别三千里,沧海横流二十年。休道不蒙稽古力[2],几
家儿女得安全。
天门笔势到闲闲[3],相国文章玉笋班[4]。从此晋阳方志
上,系舟山是读书山[5]。系舟先大夫读书之所,闲闲公改为元子
读书山。又大参杨公叔玉撰先人墓铭。
眼中华屋记生存,旧事无人可共论。老树婆娑三百尺[6],青
衫还见读书孙。
乞得田园自在身,不成还更入红尘。只愁六月河堤上,高柳
清风睡杀人。

〔1〕元好问于蒙古太宗十一年(公元一二三九年)夏,携带十口眷

76

属,回到自己的故乡读书山下。诗中充满着欣幸的情怀。挈(qiè怯),携带。

〔2〕稽古:考察古来的道理,是说读古人书,摸索到做人之道。

〔3〕天门:众妙之门。

〔4〕玉笋:喻美士众多,如同竹笋齐发一样。全句是说,金朝宰相赵秉文门下有许多知名之士。

〔5〕读书山:赵秉文《题东岩道人(元好问的亲生父德明,自号东岩道人)读书堂》诗:"山头佛屋五三间,山势相连石岭关。名字不妨从我改,更称元子读书山。"(《滏水集》)

〔6〕婆娑(suō缩):舞动的样子。

外家南寺在至孝社,予儿时读书处也〔1〕

郁郁秋梧动晓烟,一庭风露觉秋偏。眼中高岸移深谷,愁里残阳更乱蝉。去国衣冠有今日,外家梨栗记当年。白头来往人间遍,依旧僧窗借榻眠。

〔1〕清道光刊《阳曲县志》卷二:阳曲县东北六十里有至孝都中社村。当是其地。

太原〔1〕

梦里乡关春复秋,眼明今得见并州! 古来全晋非无策,乱后

77

清汾空自流。南渡衣冠几人在？西山薇蕨此生休〔2〕。十年弄笔文昌府,争信中朝有楚囚。

〔1〕从"今得见并州"、"乱后"等词句来推断,这诗是作者由冠氏回秀容,乍到太原之作。

〔2〕西山薇蕨:商时孤竹国君的二子伯夷、叔齐,当周灭商后,耻食周粟,隐居首阳山。尝作歌云:"登彼西山兮,采其薇矣;以暴易暴兮,不知其非矣!"(《史记·伯夷列传》)全句道出金亡后,作者以夷齐自勉。

东山四首〔1〕

半欲天阴半欲晴,层峦连巘各分明〔2〕。去年风雪无多景,看尽东山是此行。
自笑生平被眼谩,看山只向画中看。天公老笔无今古,枉着千金买范宽。
锦里春光风马牛〔3〕,鸟飞不到太湖秋。一丘一壑都堪老,且具神山烟景休。
马水横陈圣皋前〔4〕,滹沱陂堰远相连〔5〕。鱼多只说牛家汇,何处秋风有钓船? 牛家汇在神山下。

〔1〕东山指遗山。遗山也叫神山,在山西定襄县东北十八里。今存有"元遗山先生读书处"的遗迹。

〔2〕巘(yǎn 眼):山峰。

〔3〕锦里:在四川成都市南。靠着风景幽美的锦江。风马牛:《左

传》有"风马牛不相及"之句,意谓互不关涉。

〔4〕马水:牧马河。圣阜:圣阜山,在神山东二里。

〔5〕"滹沱"句:滹沱河流经神山西北。

九日读书山用陶诗露凄暄风息
气清天旷明为韵赋十诗[1]

行帐适南下[2],居人局庭户[3]。城中望青山,一水不易渡。
今朝川涂静[4],偶得展衰步。荡如脱囚拘,广莫开四顾[5]。
半生无根著,筋力疲世故[6]。大似丁令威[7],归来叹墟墓。
乡闾丧乱久,触目异平素。枌榆虽尚存[8],岁晏多霜露[9]。
今日复何日,霜气倏已凄。登高有佳招,山中古招提[10]。
翩翩刘公子[11],王田重相携[12]。乾坤动诗兴,涧壑忘攀
跻。霍侯家甚贫,劣有酒与鸡。城居厌鼙鼓[13],移家此幽
栖。世网不易逃,所向皆尘泥。何以濯我缨?林间有清溪。
山腰抱佛刹[14],十里望家园。亦有野人居,层崖映柴门。
昔我东岩君,曾此避尘暄。林泉留杖履[15],岁月归琴樽。
翁今为飞仙,过眼几寒暄[16]。苍苍池上柳,青衫见诸孙。
疏灯照茅屋,新月入颓垣。二句先人诗也。依依览陈迹,恻怆
不能言。
霜气一匽薄[17],杳杳秋山空[18]。临高望烟树,黄落杂青
红。造物故豪纵,穷秋变春容。锦障三百里[19],不尽台山
东[20]。粲粲黄金华[21],罗生蒿艾丛。野人不知贵,幽香散

79

秋风。秋物自横陈,顾揖苦不供[22]。谁能摇醉笔,吐句凌清雄。

宇宙有此山,阅世过鸟疾。何人不此游,名姓宁复识。兹辰世所重[23],前代多盛集:柴桑有故事[24],二谢留俊笔[25]。并数孟与桓[26],此外谁记忆。人生百年内,踏地皆陈迹。独惟我辈人,兴怀念今昔。山林与皋壤[27],自古长太息。

赏心古难并,暮景日易费。故人成此游,尊酒重相慰。新诗互酬唱,清谈见滋味。鳢鲵方偃蹇[28],蛙黾共腾沸[29]。悬险剧褒斜[30],清浑杂泾渭。争教十围腹,满贮忧与畏。情亲到直率,宁复转喉讳?郑重伯雅生[31],藉汝聊吐气。

往年在南都,闲闲主文衡[32]。九日登吹台[33],追随尽名卿。酒酣公赋诗,挥洒笔不停。蛟龙起庭户,破壁春雷轰。堂堂髯御史[34],痛饮益精明。亦有李与王[35],玉树含秋清。我时最后来,四座颇为倾。今朝念存没,壮心徒自惊!

我在正大初,作吏浙江边[36]。山城官事少,日放浙江船。菊潭秋华满[37],紫稻酿寒泉。甘腴入小苦,幽光出清妍。归路踏月明,醉袖风翩翩。父老遮我留,谓我欲登仙。一别半山亭[38],回头余十年。江山不可越,目断西南天。

吾山一何高,清凉屹相望[39]。龙头出白塔,佛屋压青嶂[40]。云光见秋半,旭日发毫相[41]。峨峨宝楼阁,金界俨龙象[42]。乡曲二十年,香火阙瞻向[43]。金花香绵草[44],梦想云雨上。福田行欲近[45],重为诗酒障。终当陟层巅,放眼天宇旷。

紫微老仙伯〔46〕,少日见承平。甲子五百余,双瞳益清明〔47〕。披《庄》不盈尺〔48〕,翛然澹无营。庭柯挂秋蔬,老树风泠泠。我有年德尊,公深乡曲情。思得菊潭酒,为公制颓龄〔49〕。作诗与同游,明年复寻盟。看翁九节杖,翩翩上峥嵘。

〔1〕九日即九月九日,古代把这天叫作重阳节。相传汉朝宫里,在这天,佩茱萸,食蓬饼,饮菊花酒,可使人健康。"露凄暄风息,气晴天象明",是陶渊明《九日闲居》诗的两句。蒙古太宗十二年,大举伐宋,后方自然有遣兵调将情事,这诗起首两句,意思十分明显。

〔2〕帐:棚帐。全句是说军队正在开拔南下。

〔3〕局:局限。全句是说居民为躲兵,不敢出去。

〔4〕涂:道路。

〔5〕广莫:同广漠,大的意思。

〔6〕世故:世事。

〔7〕丁令威:见《癸巳四月二十九日出京》注。

〔8〕枌(fén 焚)榆:汉高祖的乡里名枌榆。后世以枌榆称乡里。

〔9〕晏:晚。

〔10〕招提:寺院。

〔11〕刘公子:名济,字济川,大名人。

〔12〕王、田:二人姓名不详。

〔13〕鼙(pí 皮)鼓:战鼓。

〔14〕刹(chà 岔):佛寺。

〔15〕杖履:意指踪迹。

〔16〕暄(xuān 喧):温暖。

〔17〕匽(yǎn 眼):藏。匽薄,萧索的意思。

〔18〕杳(yǎo 窈)杳:没有声息。

〔19〕锦障:形容山色秀丽,好像有文采的屏障。

〔20〕台山:五台山,在读书山东三百余里。

〔21〕黄金华:即金莲花。夏日开花作金黄色,为五台山出产的名花之一。

〔22〕顾:看。揖:拜见。全句是说山中景色太多,观赏苦于应接不暇。

〔23〕兹辰:这日,指九日。

〔24〕柴桑:陶渊明有《九日闲居》、《己酉九月九日》等诗。

〔25〕二谢:谢灵运、谢朓,都有关于九日的诗。

〔26〕孟:孟嘉,为桓温参军。九月九日桓温饮宴龙山,风吹帽落,孟嘉不觉,温命孙盛为文嘲之,嘉答文甚美(《晋书·孟嘉传》)。

〔27〕皋(gāo 高):水泽。

〔28〕鱣:同鲸。鲵:鲸鱼的雌者。鲸鲵,比喻强暴的人。

〔29〕蛙黾:比喻乱叫的人。

〔30〕褒斜:陕西褒斜谷,道路最为艰险难行。

〔31〕伯雅:刘表一子好饮,制三爵(酒杯),大曰伯雅,次曰仲雅,小曰季雅(曹丕《典论》)。这里指酒而言。

〔32〕文衡:文坛的权衡者。

〔33〕吹台:在河南开封南,相传原是师旷的吹台,梁孝王加以扩建。

〔34〕髯御史:雷渊字希颜,官监察御史,多髯,善饮酒。

〔35〕"亦有"句:金代李王齐名者,凡有数人,其为赵秉文所推许而与元最接近者,应为李献能、王渥。

〔36〕浙江边:指内乡。

〔37〕菊潭:在内乡。

82

〔38〕半山亭:在内乡。

〔39〕清凉:指五台山。屹(yì亿):直立。

〔40〕嶂(zhàng障):像屏障的山峰叫做嶂。

〔41〕旭(xù续)日:初出的太阳。毫相:毫毛的相貌。意谓初升的太阳,发出如同毫毛一样纤细的光芒。

〔42〕金界:指佛家的境界。佛一名金仙。

〔43〕瞻向:瞻仰向往。

〔44〕金花:即金莲花。香绵草俗呼为铃陵香。

〔45〕福田:寺名,在读书山顶。

〔46〕紫微:刘紫微。

〔47〕瞳(tóng同):眼珠中心,摄物影的圆点。

〔48〕披庄:披阅《庄子》。

〔49〕颓龄:衰老的年岁。

代州门外南楼〔1〕(二首选一)

汀树微茫岸草青〔2〕,滹河四月水泠泠〔3〕。凤山可是生来巧〔4〕,堪与南楼作卧屏。

〔1〕代州:今山西代县。

〔2〕汀(tīng厅):水中的小块土地。

〔3〕泠泠:水流声。

〔4〕凤山:在代县南二十里。

发南楼度雁门关二首[1]

鸡声未动发南楼,涧水随人向北流。欲望读书山远近,雁门关上懒回头。

峻嶒石磴倚高梯[2],穹谷无人绿树齐[3]。总为古来征戍苦,宿云常傍塞垣低[4]。

〔1〕雁门关在山西代县北四十里,自古为边防重镇。

〔2〕峻嶒(léng céng 棱层):高貌。磴(dèng 邓):山上可以升高的石台阶。

〔3〕穹(qióng)谷:深的山沟。

〔4〕宿云:卧云。

过应州[1]

平野风埃接戍楼,边城三月似穷秋。人家土屋才容膝,驿路旃车不断头[2]。随俗未甘尝马湩[3],敌寒直欲御羊裘[4]。十年紫禁烟花绕[5],此日云山是应州。

〔1〕应州即今山西应县。这诗写雁北的风俗民情,很为逼真。

〔2〕驿(yì 意):古代乘马传达文书叫驿。

〔3〕湩(dòng 动):乳汁。

〔4〕卸:进,用。

〔5〕紫禁:古代以紫微星比皇帝的座位,称宫禁为紫禁。

雁门道中书所见

金城留旬浃〔1〕,兀兀醉歌舞〔2〕。出门览民风,惨惨愁肺腑。去年夏秋旱,七月黍穟吐〔3〕。一昔营幕来,天明但平土。调度急星火,逋负迫捶楚〔4〕。网罗方高悬,乐国果何所!食禾有百螣〔5〕,择肉非一虎。呼天天不闻,感讽复何补〔6〕!单衣者谁子,贩籴就南府〔7〕。倾身营一饱,岂乐远服贾!盘盘雁门道,雪涧深以阻。半岭逢驱车,人牛一何苦!

〔1〕金城:辽金元的金城县,即今山西应县。浃(jiā加):周遍。旬浃,满了十天。

〔2〕兀(wù务)兀:安心貌。

〔3〕穟(suì碎):田禾秀美。又同穗。

〔4〕逋(bū晡)负:拖欠。捶:用板子打人。楚:小板子。全句是说对拖欠公款的,打板子来追逼。

〔5〕螣(téng腾):食苗叶的虫子。

〔6〕感讽:讽刺。

〔7〕籴(dí迪):买谷米。

晨起壬寅正月九日〔1〕

灯火青荧语夜阑〔2〕,柴荆寂寞掩春寒〔3〕。欢惊已向怀中减〔4〕,老态何堪镜里看。多病所须唯药物,一钱不直是儒冠! 掣鲸莫倚平生手〔5〕,只有东溪把钓竿。时欲经营神山别业,故云。

〔1〕 壬寅为蒙古太宗皇后乃马真氏称制元年(公元一二四二年)。
〔2〕 夜阑(lán 蓝):夜深。
〔3〕 柴荆:柴门。
〔4〕 悰(cóng 丛):快乐。
〔5〕 掣(chè 彻):牵曳。掣鲸手,是说牵拉鲸鱼的手,喻有大的气力。

读书山月夕二首

层崖多古木,细路深莓苔〔1〕。柴门开晓日,云际青山来。静中有真趣,孤赏何悠哉!
久旱雨亦好,既雨晴亦佳。胡床对明月〔2〕,树影含清华。墙东有洿池〔3〕,攲枕听鸣蛙〔4〕。

〔1〕 莓:即苔,隐花植物。
〔2〕 胡床:也叫交床,来自西域。
〔3〕 洿(wū 屋):水浊不流。
〔4〕 攲(qī 七):倾斜。

癸卯岁杏花〔1〕

南州景气暖,杏花见红梅。读书山前二月尾,向阳杏花全未开。待开竟不开,怕寒贪睡嗔人催。爱花被花恼不彻〔2〕,一日绕树空千回。牙牙娇语山樱破〔3〕,稠闹成团稀作颗。小蕾从教绛蜡封〔4〕,繁枝未要晴云裹〔5〕。两月不举酒,半岁不作诗。更教古铜瓶子无一枝,绿阴青子长相思〔6〕。今年闰年好寒节,花开不妨迟一月。留船买鱼作寒节,宋方舟先生李知几语。

〔1〕癸卯为蒙古太宗皇后乃马真氏二年。

〔2〕彻:通。

〔3〕山樱:开花比杏花早些。

〔4〕蕾(lěi垒):花朵未开放时叫做蕾。绛(jiàng降):深红色。杏花的蕾系红色,由于没有开放,好像被绛蜡封着。

〔5〕晴云:白云。这里比喻杏树开着白花。在杏树未开花以前,繁多的树枝,没有被白云包裹起来。以上两句,总说杏花尚未开放。

〔6〕青子:杏初结实为青绿色。

游龙山〔1〕

曩予尉大梁,得交此州雷与刘〔2〕。自闻两公兮南山,每恨南海北海风马牛。老龙面目今日始一见,更信造物工雕锼[3]。是时山雨晴,平田绿油油。并山凉气多,况得通深幽。山泉谷口出迎客,石罅戛击琳琅球[4]。蜿蜒入微行,渐觉藤萝冒衣树打头。恶木拉飒栖[5],直干比指稠。石门无风白日静,自是林响寒飀飀。一峰忽当眼,仰看看不休。一峰一峰千百峰,虽欲一一顾揖知无由。金城偃蹇不得上[6],瑶瓮回合如相留[7]。苔花万锦石,丹碧烂不收。天关守虎豹,武库开戈矛[8]。小山随起随偃仆,独立千仞绝顶缥缈之飞楼[9]。百花岗头藉草坐,潇洒正值金莲秋[10]。亭亭妙高台[11],玉斧何年修?登高揽元化,快如鹰脱韝[12]。山灵故为作开阖,巧与诗境供冥搜。白云何许来?纤丝弄清柔。蓬蓬作雾涌,飘飘与烟浮。玉衣仙人鞭素虹[13],翕忽变化令人愁[14]。须臾视六合,浩荡不可求。初疑陶轮比运甓[15],今悟夜壑真藏舟[16]。劫石拂未穷[17],杞国浪自忧[18]。断鳌立极万万古[19],争遣起灭如浮沤。快哉万里风,一扫天四周。谁言太始再开辟,日驭本自无停辀[20]。举手谢山灵,就无清凉毫相非神羞。贱子贪名山,客刺已屡投[21]:黄华挂镜台,天坛避秦沟[22]。太山神明观,二室汗漫游[23]。胸中隐然复有此大物,便可挥斥八极隘九州[24]。玉峰有佳招[25],绝唱须一酬。为君探囊掷下珊瑚钩[26],白云相望空悠悠。异时华表见老鹤,姓字莫忘元丹丘[27]。

〔1〕龙山在今山西浑源县西南四十里。山的绝顶有萱草坡,也叫百花岗。以刘祁游林虑山记证明,这诗作于乃马真氏三年。

〔2〕雷与刘:雷渊、刘从益都是浑源州(今浑源县,金代称浑源州)人。

〔3〕锼(sōu 搜):雕刻。

〔4〕罅(xià 夏):裂缝。戛(jiá 荚):轻轻地敲打。琳琅:玉石。这是说白白的水珠如同玉石球子一样。

〔5〕拉飒(sà 萨):风声。

〔6〕金城:险要的城池。这里比喻山势。

〔7〕瑶瓮:比喻山的形状如同玉瓮。

〔8〕"天关"二句:都是形容山势。

〔9〕缥缈:离得高远,看不清楚。

〔10〕金莲:夏秋之际,百花岗上盛开金莲花。

〔11〕妙高台:在今江苏镇江市金山绝顶。这里约指龙山"望景台"。

〔12〕韝(gōu 钩):用皮子做成的臂衣。

〔13〕虬:有角的龙。全句是说白衣仙人鞭策着白龙,实际上是形容白云怒发,征兆着雨将来临。

〔14〕翕(xī 希)忽:忽然。

〔15〕"初疑"句:佛书《维摩经》:"菩萨断取三千大千世界,如陶家轮着右掌中,掷过恒河世界之外。"全句形容景光在转运着、变化着。

〔16〕"今悟"句:《庄子·大宗师》:"夫藏舟于壑,藏山于泽,谓之固矣;然而夜半有力者负之而走,昧者不知也。"大意是说自然现象不知不觉地在变化。

〔17〕劫石:不可解。《水经注》:山顶有大石如柱形,立于巨海之中,潮水大至则隐,及潮波退,不动不没,不知深浅,世名之天桥柱。韦昭亦指以为碣石(《水经注·濡水》)。这样,劫石似应为"碣石"。全句是说,天桥柱受冲击不动摇。

〔18〕"杞国"句:杞国有一个人,忧天崩坠(《列子》)。后世称无益的忧虑为杞人忧天。

〔19〕断鳌立极:相传女娲氏断鳌足以立四极(《淮南子》)。全句是说,宇宙永远毁灭不了。

〔20〕日驭:日轮,古人用它形容日光转动的迅速。辀(zhōu 周):车辕。

〔21〕刺:名片一类的东西。古时官场习惯,客访主人,要先投名刺。

〔22〕天坛:在王屋山上。

〔23〕二室:嵩山有太室、少室二峰。汗漫:放浪没有约束。

〔24〕八极:八方极远的地方。

〔25〕玉峰:魏璠字伯彦,号玉峰。金哀宗时为翰林修撰。这时住在浑源。

〔26〕珊瑚钩:用珊瑚做成的钩子。比喻用来钩取美妙的诗文。

〔27〕元丹丘:李白的朋友。作者引以自喻。

岳山道中〔1〕

野禾成穗石田黄,山木无风雨气凉。流水平冈尽堪画,数家村落更斜阳。

〔1〕蒙古太宗皇后乃马真氏三年作者在游北岳恒山的道中所作。

出都二首〔1〕

汉宫曾动伯鸾歌〔2〕,事去英雄不奈何!但见觚棱上金爵〔3〕,岂知荆棘卧铜驼〔4〕！神仙不到秋风客〔5〕,富贵空悲春梦婆〔6〕。行过卢沟重回首,凤城平日五云多〔7〕。

历历兴亡败局棋,登临疑梦复疑非。断霞落日天无尽,老树遗台秋更悲。沧海忽惊龙穴露,广寒犹想凤笙归〔8〕。从教尽划琼华了〔9〕,留在西山尽泪垂。寿宁宫有琼华岛,绝顶广寒殿,近为黄冠辈所撤。

〔1〕都指燕都,今北京。元好问于乃马真氏三年秋天,出雁门到北京,这年冬天离开。诗中发抒故国河山之感,最为沉痛。

〔2〕"汉宫"句:后汉梁鸿字伯鸾,平陵人。出关过洛阳,作《五噫歌》。曰:"陟彼北邙兮,噫;顾览帝京兮,噫;宫室崔嵬兮,噫;人之劬劳兮,噫;辽辽未央兮,噫。"(《后汉书》)

〔3〕"但见"句:见《过晋阳故城书事》注。

〔4〕"岂知"句:见《杂著》注。

〔5〕"神仙"句:李贺《金铜仙人辞汉歌》:"茂陵刘郎秋风客",指汉武帝,武帝曾作《秋风辞》。这里是说皇帝成不了神仙。

〔6〕"富贵"句:见《西园》(七古)注。

〔7〕凤城:禁城,宫城。

〔8〕凤笙:天子的乐器。

〔9〕划(chǎn 铲):同铲,删除。

宿张靖田家地属寿阳〔1〕

川涂尽坡陀,岭路入荒梗。微茫望烟火,向背得庐井〔2〕。残

91

民安朴陋,倦客喜幽屏。儿童闻叩扉[3],租吏有余警。两崖纷蒙薄[4],砂石立顽犷[5]。湍流落空嵌[6],百折不容骋[7]。山深饶风露,夜气凄以耿。园花淡相望,边月空照影。深居苦不早,素发忽垂领。谁谓林野人[8],兹焉惜清景。

〔1〕张靖:今作"张净",村名,在今山西寿阳县东三十里。乃马真氏三年,作者自北京归,路过寿阳,这诗当作于此时。

〔2〕庐井:指有居民的地方。

〔3〕扉:门。扣扉,打门。

〔4〕蒙(cóng 丛)薄:丛生的林木。

〔5〕犷(guǎng 广):粗恶。

〔6〕嵌(qiàn 欠):深沟。

〔7〕骋(chěng 惩):马走得快。

〔8〕林野人:作者自称。

高门关[1]

高门关头霜树老,细路千山万山绕。乱余村落不见人,霰雪霏霏暗清晓[2]。莘川百里如掌平,闲田满眼人得耕。山中树艺亦不恶,谁遣多田知姓名。许李申杨竟何得? 只今唯有石滩声。许致忠、杨汤臣、申伯胜、李仲常名宦四家,隐卢氏,时以多田推之,乱后俱不知所在矣。

〔1〕高门关在今河南洛宁县西一百二十里。乃马真氏三年秋,作者到内乡迎母遗榇,路过这里。

〔2〕霰(xiàn 羡):雪珠。霏霏:降雪貌。

乙巳九月二十八日作〔1〕

关山小雪后,絮帽北风前。残月如新月,今年老去年。

〔1〕乙巳为乃马真氏四年。此诗似在旅途中作。

涌金亭示同游诸君〔1〕

太行元气老不死〔2〕,上与左界分山河〔3〕。有如巨鳌昂首西入海〔4〕,突兀已过余坡陀。我从汾晋来,山之面目腹背皆经过。济源盘谷非不佳〔5〕,烟景独觉苏门多。涌金亭下百泉水,海眼万古留山阿。觱沸泺水源〔6〕,渊沦晋溪波〔7〕。云雷涵鬼物〔8〕,窟宅深蛟鼍。水妃簸弄明月玑〔9〕,地藏发泄天不呵〔10〕。平湖油油碧于酒,云锦十里翻风荷。我来适与风雨会,世界三日漫兜罗〔11〕。山行不得山,北望空长哦。今朝一扫众峰出,千鬟万髻高峨峨〔12〕。空青断石壁,微茫散烟萝。山阳十月未摇落,翠蕤云旓相荡摩〔13〕。云烟故为出浓淡,鱼鸟似欲留婆娑。石间仙人迹,石烂迹不磨。仙人

93

去不返,六龙忽蹉跎〔14〕。江山如此不一醉,抪掌笑煞孙公和〔15〕。长安城头乌尾讹〔16〕,并州少年夜枕戈。举杯为问谢安石,苍生今亦如卿何〔17〕?元子乐矣君其歌。

〔1〕河南辉县西北七里有苏门山,也叫百门山。苏门山下有流泉,名百门泉,简称百泉。涌金亭在百泉亭东;由于泉水从地下涌出,日照如金而得名(嘉靖《河南省志》)。涌金亭诗刻石于"己酉清明"(《叶氏篆竹堂碑目》卷四)。己酉为一二四九年,从诗中"山阳十月未摇落"的句子来看,元好问游涌金亭似在蒙古定宗后海迷失称制元年(一二四八年)十月间。诗的末段,悲愤激昂,仿佛看到作者"酒酣"的情态。

〔2〕"太行"句:太行山盘据在豫北、晋东、翼南的交界上,自古称为"天下之脊",而以在山西晋城市南者为主峰。

〔3〕"上与"句:《白虎通》:"天左旋,地右周。"左界如云"天界"。

〔4〕鳌(áo 敖):海中的大龟。

〔5〕济源:今河南济源市。盘谷:在其城北二十里。

〔6〕霈(bì 毕)沸:水涌出貌。泺(luò 落)水:在山东济南。全句描写百泉水势的旺盛,想象它是泺水的根源。

〔7〕渊沦:波浪回转貌。晋溪:在山西太原。全句想象百泉流水是晋溪的余波。

〔8〕涵:包容。

〔9〕玑(jī 机):不圆的珠子。比喻水色。

〔10〕呵(hē 诃):怒责。

〔11〕兜罗:佛书《楞严经》注:"兜罗树上出绵。"这里是说天气阴沉,白云团团飞散,如同兜罗绵一样。

〔12〕千鬟万髻:形容山上的景色美妙,好像妇女头上的妆饰。

〔13〕旓(shāo 梢):旗子上的飘带。全句是说,下垂的枝叶和下垂

的旌旗互相摩擦动荡,暗指蒙古帝国的统治,还不稳固。

〔14〕蹉跎:此处作颠倒错乱讲。按一二四八年蒙古定宗死后,他的皇后斡兀立海迷失称制,诸王大臣都不信服她;同时,国内大旱,河水尽涸,牛马死去十分之八九,民不聊生。

〔15〕孙公和:孙登字公和,三国魏人。隐居苏门山,不问世务。拊(fǔ 辅)掌:拍手。全句是说要被孙公和拍手大笑。

〔16〕讹(é 鹅):错乱。杜甫《日暮》诗:"日落风亦起,城头乌尾讹。"比喻天下不太平。

〔17〕"举杯"二句:东晋谢安字安石,少有重名,隐居东山不仕。当时人们说:"安石不出,如苍生何?"

人日有怀愚斋张兄纬文〔1〕

书来聊得慰怀思,清镜平明见白髭。明月高楼燕市酒〔2〕,梅花人日草堂诗〔3〕。风光流转何多态,儿女青红又一时。涧底孤松二千尺,殷勤留看岁寒枝〔4〕!

〔1〕我国旧日风俗,以正月初七日为人日(《荆楚岁时记》)。其意是:"正月开首的八天内,一日为鸡,二日为狗,三日为猪,四日为羊,五日为牛,六日为马,七日为人。"(《北齐书·魏收传》)这诗勉励张纬文要学"孤松",不要作蒙古的官。

〔2〕"明月"句:这时张住在燕京。

〔3〕草堂:杜甫名其所居为浣花草堂,人们称他为杜草堂。杜甫有《人日》两篇。

〔4〕"涧底"二句:古人以岁寒比喻世乱;称松、竹、梅为岁寒三友,以比喻坚持气节的正人君子。

客意

雪屋灯青客枕孤,眼中了了见归途。山间儿女应相望,十月初旬得到无?

种松

百钱买松羔〔1〕,植之我东墙。汲井浣尘土,插篱护牛羊。一日三摩挲,爱比添丁郎〔2〕。昨宵入我梦,忽然变昂藏〔3〕。昂藏上云雨,惨淡含风霜。起来月中看,细鬣错针芒〔4〕。惘然一太息,何年起明堂?邻叟向我言:种木本易长。不见河畔柳,顾盼百尺强〔5〕。君自作远计,今日何所望?

〔1〕羔:初生的牛、羊,称做羔。松羔,指松树的苗子。
〔2〕丁郎:男孩。
〔3〕昂藏:高貌。
〔4〕鬣(liè 列):兽类颈上的毛。这里比喻松针。
〔5〕顾盼:转眼之间。快速的意思。

赠答郝经伯常伯常之大父予少日从之学科举[1]

故家珠玉自成渊[2]，重觉英灵赋予偏[3]。文阵自怜吾已老，名场谁与子争先。撑肠正有五千卷[4]，下笔须论二百年[5]。莫把青春等闲了，蔡邕书籍待渠传[6]。

〔1〕郝经字伯常，泽州陵川（今山西陵川）人。仕蒙古翰林学士。出使于宋，被留十五年。谥文忠。著有《陵川集》（有的叫《郝文忠公集》）传于今。大父，祖父。郝经的祖父天挺，元好问自十四岁起，跟他学习六年。

〔2〕渊：泉。古人以珠玉比喻诗文的精美。全句赞许郝经家学渊源。

〔3〕英灵：英华灵秀之气。

〔4〕"撑肠"句：苏轼《试院煎茶》诗："不用撑肠挂，文字五千卷。"

〔5〕"下笔"句：南齐谢朓长于五言诗，沈约见到他的作品，常说："二百年来，无此作也。"（《南齐书·谢朓传》）

〔6〕"蔡邕"句：东汉蔡邕见了王粲说："此王公孙也，有异才，吾不如也。吾家书籍文章，当尽与之。"（《三国志·王粲传》）

镇州与文举百一饮[1]

翁仲遗墟草棘秋[2]，苍龙双阙记神州。只知终老归唐土〔3〕,忽漫相看是楚囚！日月尽随天北转,古今谁见海西流？眼中二老风流在,一醉从教万事休。

〔1〕镇州为今河北正定。元好问于蒙古定宗后海迷失称制二年,在镇州鹿泉县(今属河北石家庄市)买得住所,经常住在这里。他诗中提到的镇州,有时就是指鹿泉而言。他来往的朋友当中,有两个人表字文举,一为东明张特立,一为陕州白华。这一文举,则是白华(李光廷《广元遗山年谱》卷下)。百一为王鹗字。鹗,东明人,金末状元,仕元官至翰林学士。

〔2〕翁仲:秦阮翁仲,南海人。勇力超人。秦始皇使将兵守临洮,威震匈奴。死后,在咸阳宫前立铜像以纪念他。后世把铜像石像都称做翁仲。

〔3〕唐土:今山西为西周唐叔虞封地,国号唐。

十一月五日暂往西张〔1〕

城隈细路入沙汀〔2〕,絮帽冲风日再经。歉岁村墟更荒恶,穷冬人影亦伶俜〔3〕。林烟漠漠鸦边暗,山骨棱棱雪外青。四十年来此寒苦,冻吟犹记陇关亭〔4〕。

〔1〕西张,村名,在今山西忻州市城东南十五里,牧马河流经村西北。暂,快走貌。

〔2〕隈(wēi 微):山水的弯曲处。

〔3〕伶俜(pīng 乒):行不正貌。

〔4〕陇关:指陇城。元好问年廿一岁时,随其父居此。

辛亥寒食[1]

寒食年年好,今年迥不同。秋千与花影,并在月明中。

〔1〕辛亥为蒙古宪宗元年(公元一二五一年)。

壬子寒食[1]

儿女青红笑语哗,秋千环索响呕哑。今年好个明寒食,五树来禽恰放花。

〔1〕壬子为蒙古宪宗二年。

乡郡杂诗
余家自五代后,自汝州迁平定,宋末又自平定迁忻,
故文字中以平定为乡郡[1](五首选三)

神仙官府在瀛洲[2],何意闲闲得此留[3]。莫笑山城小于斗,他州谁有涌金楼? 楼闲闲所建。
一沟流水几桥横,岸上人家种柳成。来岁春风一千树,绿烟

和雨暗重城。

新堂缥缈接飞楼,云锦周遭霜树秋。若道使君无妙思[4],冠山移得近城头[5]。

〔1〕平定即今山西平定县。
〔2〕瀛洲:古代神话说蓬莱、方丈、瀛洲三岛在东海中,神仙所居。
〔3〕"何意"句:赵秉文于金大安二年为平定刺史。
〔4〕使君:汉朝称刺史为使君,后世以使君称州郡的长官。
〔5〕冠山:在平定西南八里。

阳泉栖云道院[1]

方外复方外,翛然心迹清。开窗纳山影,推枕得溪声。川路远谁到,石田平可耕。霜林不嫌客,留看锦峥嵘。

〔1〕阳泉即今山西阳泉市。

台山杂吟甲寅六月[1](十六首选七)

西北天低五顶高,茫茫松海露灵鳌[2]。太行直上犹千里,井底残山枉叫号。

万壑千嵓位置雄[3],偶从天巧见神功。湍溪已作风雷恶,更在云山气象中。

100

颠风作力扫阴霾,白日青天四望开。好个台山真面目,争教坡老不曾来〔4〕?

山云吞吐翠微中,淡绿深青一万重。此景只应天上有,岂知身在妙高峰。

一国春风帝子家,绿云晴雪间红霞。香绵稳借僧鞋草〔5〕,蜀锦惊看佛钵花。

咄嗟檀施满金田〔6〕,远客游台动数千。大地嗷嗷困炎暑〔7〕,山中多少地行仙。

石罅飞泉冰齿牙〔8〕,一杯龙焙雪生花〔9〕。车尘马足长桥水,汲得中泠未要夸。

〔1〕五台山在今山西五台县东北一百四十里。由于东、西、南、北、中五峰并峙,高出云表,如同垒土的台子一样,而得名。五台之中,北台顶最高,人们说它上边有"千年冰、万年雪",因此又叫做清凉山。佛家以五台和四川峨嵋、浙江普陀、安徽九华,合称四大名山。甲寅为蒙古宪宗四年,作者游台,就在这年夏天。

〔2〕松海:指松树繁多如同大海。

〔3〕嵓:同岩。

〔4〕坡老:苏轼号东坡,人们尊敬为坡老。

〔5〕"香绵"句:这句说和尚脚下稳稳地踏着香绵草,形容香绵草生长的很多。

〔6〕咄(duō 多)嗟:极快的意思,如"咄嗟便办"。檀施:佛家称布施为檀施。这句说,五台上佛寺所收的布施,又快又多。

〔7〕嗷嗷:声音嘈杂。

〔8〕飞泉:指一钵泉。这个水泉仅一钵子大,但流水常常汲取不尽。

〔9〕"一杯"句:宋朝以后,优等的茶,有龙团、凤饼等名。焙(bèi 备),用高热把物焙干。龙焙,指好茶而言。

夜宿山中

月华人影共徘徊,未算归程梦已回。涧水悲鸣易愁绝,长松休送雨声来。

甲寅九日同临漳提领王明之鹿 泉令张奉先贾千户令春李进之 冀衡甫游龙泉寺僧颢求诗二首〔1〕

远水寒烟接戍楼〔2〕,黄花白酒浣羁愁。霜林染出云锦烂,春色并归风露秋。乡社岁时容客醉〔3〕,石墙名姓为僧留。登高旧说龙山好〔4〕,从此龙泉是胜游。

柿叶殷红松树青,黄花霜后独鲜明。西风浩浩欲吹帽,石溜泠泠堪濯缨〔5〕。皇统贞元见题字〔6〕,良辰美景记升平。何人解得登临意,灭没疏云雁一声。

〔1〕甲寅为蒙古宪宗四年。龙泉寺在今河北石家庄市鹿泉区上庄镇韩庄村的半山坡,其上有龙泉池。

〔2〕戍楼:军队所筑望远的楼。

〔3〕岁时:时节。

〔4〕龙山:指封龙山,在今石家庄市鹿泉区铜冶镇。元初,元好问、李冶、张德辉,曾在这山上游过、住过,时号龙山三老。

〔5〕石溜:水从山的石缝里流出。

〔6〕皇统:金熙宗年号。贞元:金主亮年号。

出 都〔1〕

春闺斜月晓闻莺〔2〕,信马都门半醉醒。官柳青青莫回首,短长亭是断肠亭〔3〕!

〔1〕这个"都"是指金朝的故都汴梁。元好问于蒙古宪宗五年春天到汴梁,诗中流露着萦怀故国的伤感。

〔2〕闺(guī 规):旧时称女子的卧室为闺。

〔3〕断肠:形容过分悲伤,肠子要断。

乙卯十一月往镇州〔1〕

村静鸟声乐,山低雁影遥。野阴时滉朗〔2〕,冷雨只飘萧。涉远心先倦,冲寒酒易消。红尘忘南北,渺渺见长桥。

〔1〕乙卯为蒙古宪宗五年。

〔2〕滉(huàng 黄去声):水深广貌。

同儿辈赋未开海棠二首

翠叶轻笼豆颗匀,烟脂浓抹蜡痕新。殷勤留着花梢露,滴下生红可惜春。

枝间新绿一重重,小蕾深藏数点红。爱惜芳心莫轻吐,且教桃李闹春风。

后　记

一

　　公元一一一五——一二三四年的一百二十年间,女真族完颜氏所建立的金朝,统治了黄河流域。女真族本是比较落后的部族,但自从它和辽、宋接触,经过相当长期的文化交流以后,这一个原来没有文字的部族,文化逐步提高。特别是完颜统治者,慢慢懂得了提倡文学是巩固统治的方法之一,所以自太祖阿骨打以来,尽力地罗致辽、宋文人,如韩昉、宇文虚中、蔡松年等,都受到金朝政府的优遇。皇统、正隆间,金政府在京师设太学、国子监,州镇也置教官;同时又订定以词赋、经义取士的办法。世宗更考选官吏中文理优赡者,予以升官进爵,章宗旁求文学之士,以备侍从。"在私有制度下,一个人必须为糊口而操心,所以必须奉承世界上的强人[1]。"何况统治者铺平了这一条升官的捷径呢!这样,自然对文学发展,起了一定的刺激作用。但统治者这一系列的措施,只能说明在阶级矛盾种族矛盾双重压迫下的金朝,对中国文学传统保留着一线生机,并不意味着已经具备了文学繁昌的足够条件。比如词赋取士,好像跟文学发展有直接关系,其实,金朝科举所采用的律赋,本是钳制思想的一种工具,在利禄思想支配之下,作诗要揣摩皇帝和主考官的好尚,要斤斤于格调的推敲,"见子弟辈读苏黄诗,辄怒斥[2]"。所以不可能产生伟大的作品与作家。

　　金朝诗风演变的过程,刘祁做了概括性的叙述:"明昌、承安间,作诗者尚尖新,故张耒仲扬由布衣有名召用,其诗大抵皆浮艳语。如:

'矮窗小户寒不到,一炉香火四围书';又'西风了却黄花事,不管安仁两鬓秋'。人号张了却。……南渡后,文风一变,文多学奇古,诗多学风雅,由赵闲闲(赵秉文自号闲闲居士)、李屏山(李纯甫自号屏山居士)倡之。……赵闲闲晚年,诗多法唐人李杜诸公,然未尝语于人。已而麻知几(麻九畴字知几)、李长源(李汾字长源)、元裕之(元好问字裕之)辈鼎出,故后进作诗者多以唐为法也〔3〕。"金朝自南渡(公元一二一四年)以后,现实矛盾斗争日趋剧烈化,反映到诗歌创作方面,扭转了风花月露的歪风,回复到现实主义的正路,其中,成就最大的诗人,则首推元好问。元好问所以被称为伟大的作家,就是他能够大胆地揭穿现实黑暗,倾吐人民的悲愤,无负于时代所交给他的任务。

金朝以外族统治者,入主黄河流域,在阶级和种族的双重压迫下,它和广大的汉族人民,形成为严重的对抗性的矛盾。这严重的矛盾,首先表现在"括田"上。完颜统治者占据北方后,把它原来老根据地形成的猛安(千夫长)、谋克(百夫长)组织,移植内地,进行封建剥削。派遣"括地官"到处括田,把大量民田,变作官田。这种暴政,我们且看看金世宗的自述:"朕闻括田事,所行极不当,如皇后庄、太子务之类,止以名称,便为官地。百姓所执凭验,一切不问〔4〕。"可是他们霸占了民田,并不自己耕作,翻手间,转佃给汉族农民,从中敲剥。如《金史·食货志》指出:"猛安谋克人惟酒是务,往往以田租人,而预借三二年租课。"这个情况,南渡后更加激化起来,"河南官民田相半,又多全佃官地之家〔5〕"。统治集团与汉族农民之间,既然形成一条鸿沟,所以当金朝极盛时期的大定二十余年间,农民仍是前仆后继的在起义〔6〕。而红袄军在山东燃烧的起义火焰,几乎贯穿了金朝整个时代。元好问描述括田的情况说:

武夫悍卒,倚国威以为重,山东河朔上腴之田,民有耕之数世者,亦以

106

冒占夺之。兵日益骄,民日益困,养成痈疽,计日而溃。贞祐之乱……向之
倚国威以为重者,人视之以为血仇骨怨,必报之而后已。一顾盼之顷,皆狼
狈于锋镝之下,虽赤子不能免。

——《平章政事寿国张文贞公神道碑》

他指出括田可以导致王朝的崩溃,显示出诗人对当时政治的敏感。而
"血仇骨怨",又刻画出当时阶级矛盾种族矛盾的本质。

公元一二一四年,已经走向下坡路的金王朝,抵挡不住骎骎南下的
蒙古的军队,由中都(今北京)迁都汴京(今河南开封市),史称贞祐南
渡。南渡以后的金朝,地盘缩小,仅仅保有河南、陕西。为了时时防御
蒙古军的进攻,为了要把丧失于蒙古的土地,求得补偿,又连年兴师伐
宋,于是更加重了聚敛徭役。这时期,"民之赋役,三倍平时"。就连金
哀宗守绪,也不得不提出"南渡二十年,所在之民,破田宅、鬻妻子、竭
肝脑以养军"的自供[7]。元好问通过生动的艺术形象,描绘出地方官
吏逼民出租的图样:

军租星火急,期会切莫违! 期会不可违,鞭朴伤汝肌!

——《宿菊潭》

至今三老背肿青,死为逋悬出膏雨。

——《宛丘叹》

金政府的另一蠹政,就是"签军"。刘祁说:"每有征伐及边衅,辄
下令签军,使远近骚动。民有丁男若皆强壮,或尽取无遗,号泣动乎邻
里,嗟怨盈乎道路[8]。"这样的军队,确是"灞上真儿戏"(《癸巳四月
二十九日出京》)。在跟蒙古军作战的过程中,蒙古诸将常常"杀戮殆
尽",于是人民死的死,逃的逃,黄河流域顿呈一片萧条、凄凉景象,元
好问又做了如实的反映。如:

伤心此日河平路,千里荆榛不见人。

——《续小娘歌》

井府虚荒久,大城如废村。

——《娄生北上》

乱后洛阳花木尽。

——《送子微二首》

乱余村落不见人。

——《高门关》

这几句诗,我们试与金史作一对照:当天兴元年十二月哀宗准备出走的时候,有人建议他向西行,有人就说"汴京以西,三百里之间无井灶"[9],因而打消了西行的意图。从这证明,元好问的诗,具体地描绘出当时的现实,并没有夸诞和渲染。

公元一二三四年,金朝被蒙古王朝(就是后来的元朝)所灭亡。蒙古王朝军队的蛮横,是骇人听闻的,它不但在打仗的过程中,对敌军"杀戮殆尽"、"骸骨遍野",就在平时对它统治下的居民,也是任意滋扰。元好问在《雁门道中书所见》说:

> 去年夏秋旱,七月黍穄吐。一昔营幕来,天明但平土。调度急星火,逋负迫捶楚。网罗方高悬,乐国果何所! 食禾有百螣,择肉非一虎。呼天天不闻,感讽复何补!

至于地方官吏的苛索严追,并不减于金之末世,元好问在《宿张靖田家》描写道:

> 儿童闻叩扉,租吏有余警。

在《题刘紫微尧民野醉图》也说:

> 不见只今汾水上,田翁鞭背出租钱。

金亡之后,元好问主观上要决心摆脱政治,不再闻问时事,但目击了现实的暴政,还是情不自禁地替被压迫的人民呼吁,这也可以看出他对人民的关怀。

以上所举，不过信手拈来的例子，但已足够地把十三世纪的我国北方社会现象，鲜明地垂示在我们眼帘之前。如果承认杜甫的诗是唐代的诗史，那末，元好问的诗，也够得着称为金元之际的诗史了。

诚如恩格斯的教导，"义愤创造诗人[10]"，金末元初，确实是一个足以引起人民义愤填膺的时代，元好问本是地主阶级的知识分子，但他能够与人民同义愤，终于无愧为历史上的一位伟大诗人。

二

元好问字裕之，太原秀容（今山西忻州市）人。他曾在遗山（遗山在今山西定襄县城东北十八里）读过书，自号遗山山人。现在忻州市城南十里的韩岩村，还有他的坟墓，人们称做五花坟。城南二十五里读书山下的元家山村，还有他的后裔。

元氏原系拓跋氏，自北魏孝文帝迁都洛阳，改姓为元。北魏灭亡后，它的一部分子孙，落籍在河南汝州。元好问的祖先，在五代以后，从汝州迁居山西平定。他的高祖谊，在北宋宣和年间，官忻州神武军使，到他曾祖春，由平定移家忻州，从此就成为忻州（今山西忻州市）人了。他的曾祖做过北宋的隰州团练使，祖父滋善，做过金朝的柔服丞。父亲德明，隐居不仕，长于做诗，著有《东岩集》。元好问出生七月，过继给他叔父格，格做过好几任县令。他就是生长在这样一个封建士大夫官僚家庭中。

元好问生于金章宗明昌元年（公元一一九〇年）。年五岁，跟他叔父格在掖县（今山东莱州市）任上，八岁学作诗，十四岁，格调官陵川（今山西陵川县）令，他又跟着到陵川，在郝天挺门下学习六年，打下了学问的基础。年十九，格官陇城（今甘肃秦安县东北），他又跟到任上，因参加秋试,在长安住过八九个月。二十一岁的春天,格病逝陇城,他扶护灵柩,回到忻州原籍。在这青少年时代,他自己承认沾染了贵公子的习气,以饮酒为乐[11]。而饮酒的癖好,一直伴随到他的晚年。

时代是产生作家的决定因素,而在同一时代,各个作家的风格面貌却不能一模一样,乃至一个作家的风格面貌也会有前期后期的不同,这又跟每个作家的遭遇、思想以及它们的变化有关。我们从这一角度分析元好问的诗,可以把它分作五个时期:

一、避乱流亡(公元一二一三——一二一七年)

金宣宗贞祐元年(蒙古太祖八年,公元一二一三年)八月,蒙古军的一支,循太行山南下,进入河东(今山西)全境,忻州也受到波及。二年三月三日,蒙古军屠忻州城,死者十万余人[12],元好问的哥哥好古,也就在这时候遇害。四年二月,蒙古军围太原,这年五月,元好问在风声鹤唳的紧迫情况下,携带自己的母亲和一部分藏书,冒着炎暑,冒着几千里的风尘,流亡到河南福昌县三乡镇(今河南宜阳县三乡镇)。刚到三乡,蒙古军进攻潼关,他又做了短期的避乱。在这五年当中,青年诗人元好问,眼看到祖国遭受了空前的灾难,自己挟着国难家仇的沉痛心痛,过着颠沛流离的生活,因而在他诗里,突出地流露着对敌人南进的憎恨(如《石岭关书所见》等)、家乡沦陷的悲痛(如《八月并州雁》、《春日》等),而发出仇恨征伐战争的呼声:

干戈几蛮触,宇宙日流血。鲁连东蹈海,夷齐采薇蕨!

另一方面,在生活稍稍安定之后,他就从事诗文的深刻探索。在这时期,写成一部论文章的书《锦机》一卷(今佚);完成了一篇不朽的诗评——《论诗》三十首。

二、家居登封(公元一二一八——一二二六年)

金宣宗兴定二年(公元一二一八年)元好问从三乡移家登封,并在昆阳(今河南叶县)后湾,置田买宅,过起中小地主的生活。他在登封住家,前后共达九年之久。虽然以后中了宏词科,充国史院编修官,他还是单身留住汴京,家眷并未移动。在国史院工作,他并不满意,所以仅仅干了二年,仍然回到登封,写他的《杜诗学》(今佚)。

登封安家以后,他开始参加一部分劳动生产:

> 今年得田昆水阳,积年劳苦似欲偿。邻墙有竹山更好,下田宜秫稻亦良。已开长沟掩乌芋,稍学老圃分红姜。
>
> ——《雪后招邻舍王赞子襄饮》

在农民和地主的支持下,他也从事麦子的耕种和经营:

> 借地乞麦种,微幸今年秋。乞种尚云可,无丁复无牛。田主好事人,百色副所求。盼盼三百斛,宽我饥寒忧。
>
> ——《麦叹》

由于参加生产劳动,他跟农民接近,体验了农民生活,所以这一时期,他的作品中出现了比在他以前和跟他同时的诗人们更广阔的题材,如:《驱猪行》描写农民跟损害生产的豪猪作斗争,食榆荚称赞榆钱的甘美。像这些都是从生活实践中提炼出来的诗篇。

由于他接近农民,因而领会出智识分子和农民也可能产生休戚相关的感情,所以他说:

> 书生如老农,苦乐与之偕。
>
> ——《乙酉六月十一日雨》

收复失地,重返家园,是元好问刻刻萦怀的希望。但目击了金政府从中央到地方越来越多的腐败政治,跟自己的希望背道而驰,这样就激起他对时事的反感。这一时期所写的诗,如《蟾池》、《虎害》、《杂著》、《驱猪行》等,都是借题发挥、揭穿当时黑暗统治的作品。

由于他的生活逐渐安定,而又对现实政治不够满意,因之在这时期,产生一种消极逃避的心理。如"利端始萌芽,忽复成祸根。名虚买实祸,将相安足论"(《饮酒》);"人生要适情,无荣复何辱"(《瀛亭》)。当然,这种思想,不可否认地要受些陶渊明的影响。我们从他诗里,也可看到他对陶的倾折。如"蹉跎匡山游,烂漫彭泽酒。慨然千载上,怀我平生友"(《虞乡麻长官成趣园》);"诗中自合爱渊明"(《和仁卿演太白诗学》)。

三、三为县令(公元一二二六—一二三一年)

元好问于金哀宗正大三年(公元一二二六年)秋天,任镇平(今河南镇平县)令,但到任不久,就离职了。正大四年为内乡(今河南内乡县)令,第二年因丁母忧罢官,十月间,出居该县的白鹿原。他在白鹿原居住三年,直到正大八年服满,才出任南阳(令河南南阳)令。在南阳仅仅几个月的工夫,就内调尚书省掾。从此移家汴京。

长期居住豫西农村的元好问,他已不自觉地意识到金末阶级矛盾的尖锐化,所以一行作吏,主观上总希望解除一些人民痛苦,缓和阶级矛盾。如在内乡时写道:

> 民事古所难,令才又非宜。到官已三月,惠利无毫厘。汝乡之单贫,宁为豪右欺?聚讼几何人?健斗复是谁?官人一耳目,百里安能知?东州长官清,白直下村稀。我虽禁吏出,得无夜叩扉?教汝子若孙,努力避寒饥。
>
> ——《宿菊潭》

他注意到豪绅、恶霸、污吏们对人民的危害,不失为封建社会的一个有良心的官员。但在事实上,当时县令的唯一任务,就是催租,无论在镇平、在内乡,统通一样。他描述这种情况说:

> 劝农冠盖已归休,了却逋悬百不忧。
>
> ——《镇平书事》
>
> 催科无政堪书考,出粟何人与佐军?
>
> ——《内乡县斋书事》

就在内乡闲居的时候,他写成了《东坡诗雅》(今佚)。

四、"家亡国破"(公元一二三二—一二三八年)

金哀宗天兴元年(公元一二三二年),蒙古军两次围攻汴京,这时元好问任左司都事,过着"围城十月鬼为邻"的生活。这年十二月,哀宗出城渡河。二年春,金守将崔立,开城投降蒙古,四月间,他同其他大官一样,被蒙古军羁管聊城(今山东聊城)。蒙古太宗七年(公元一二三五年),由聊城移居冠氏(今山东冠县),从此在冠氏住了四年。

以参与国家机要者之一的元好问,亲眼看到元朝征伐者的屠杀掠夺、金朝政府的腐恶无能以及兵荒马乱、人民呻吟的惨状,更加上自己阶下囚的际遇,内心里燃烧起一股无比的愤慨。于是这时期的作品中,充满了强烈的反征服哀乱亡的情调。当然,他的爱国思想,仍然不能不受封建士大夫"忠君爱国"的限制,如对于金哀宗,总是抱着惋惜、回护的态度,不肯直斥他的缺点。我们试举他的七律为例:

> 高原水出山河改,战地风来草木腥。
>
> 白骨又多兵死鬼,青山元有地行仙。
>
> ——《车驾东狩后即事》
>
> 枯槐聚蚁无多地,秋水鸣蛙自一天。
>
> ——《眼中》
>
> 只知灞上真儿戏,谁谓神州遂陆沉!
>
> ——《癸巳四月二十九日出京》

清人赵翼说:"唐以来,律诗之可歌可泣者,少陵十数联外,绝无嗣响,遗山则往往有之[13]。"这也就是说,元好问处于元朝征服者的蹂躏之下,痛心于国破家亡的遭遇,写出的诗,沉挚悲凉,跟杜甫的诗风,一脉相承。

他痛心金朝的灭亡，但受了时代限制，对金之所以亡、蒙古所以兴的原因，得不到圆满解决，而归之于"天"。如："兴亡谁识天公意"（《癸巳四月二十九日出京》）；"废兴属之天，事岂尽乖违"（《学东坡移居》）。像这些都是他思想上不健康的一面。我们接受文学遗产，必须抛弃这一类的糟粕。

当他处在"家亡国破此身留"（《送仲希兼简大方》）、"六年河朔州，动辄得谤讪"（《别李周卿》）的环境里，生活极其狼狈，还编成《东坡乐府集选》（蒙古太宗八年完成，今佚）。

五、遗民生活（公元一二三九——一二五七年）

元好问于蒙古太宗十年，从冠氏起程，十一年回到自己的故乡秀容读书山下。从此，他抱了"今是中原一布衣"（《为邓人作诗》）、"衰年那与世相关"（《乙卯端阳日感怀》）的态度，摆脱政治，过起遗民生活。这个时期，他立志要完成全部金史的著述，经常往来四方，搜集史料，在自己家里建起野史亭，以表明自己的决心。经过将近二十年的辛勤劳动，终于写成《中州集》（书刊于蒙古定宗后海迷失二年，公元一二四九年）和《壬辰杂编》。元人修《金史》，许多材料，都取资这两部书。《壬辰杂编》有人说亡于明之中叶，有人说清朝还有收藏者，还有人说王筠曾得到部分残篇。《中州集》以诗存史，不但保存了金朝文献，而且开创了断代诗史的新体例。此外，《唐诗鼓吹》十卷，为元氏平日讲诗选本，由其门人郝天挺笺注行世。天挺字继先，出于朵鲁别族，官河东行省五路军民万户。《元史》有传（与好问师同姓名而非一人）。

元好问晚年，已不刻意为诗，从现存的作品来看，大多数是些应酬、游戏之作。但对于大元王朝的黑暗统治，他还是无隐讳地不断地予以揭露，已如前述；同时，对于故国河山的怀念，也不时流布于笔端，如：

断霞落日天无尽，老树遗台秋更悲。

——《出都》

风光流转何多态，儿女青红又一时。

——《人日有怀张兄纬文》

日月尽随天北转，古今谁见海西流？

——《镇州与文举百一饮》

应当指出的，元好问晚年的诗，又开辟了一个新的境界，就是长篇山水诗的写作。像《游黄华山》、《游龙山》、《涌金亭示同游诸君》这许多诗篇，不仅描绘出祖国河山的雄伟秀丽，而且表曝了作者胸襟的恢宏与想象的高奇；而意味醇厚，耐人咀嚼，又显现出"老更成"的特色。

三

元好问的《论诗》三十首，用诗的形式，将汉魏至北宋的主要诗家，做了概括性的评述。在他以前，杜甫曾有《戏为六绝句》，评论庾信诸人的诗，但贯串古今诗人而作出系统性的评介者，则以元好问为首出。清代有些诗家，都在仿效他这体例，如王士禛有《戏仿元遗山论诗绝句》三十五首……。从《论诗》三十首，我们可以看出他对于诗歌的见解。

他赞扬刚健雄壮的风格。首先提出"曹刘坐啸虎生风，四海无人角两雄"的评语，同时又肯定刘琨的诗具有建安风力。对于李白，也称许他"笔底银河落九天"，李白的诗本属于豪放一路的。相反的，对于发抒儿女之情的作家，则采取贬抑态度，如："风云若恨张华少，温李新声奈尔何？"对于秦观，更直斥"渠是女郎诗"。

对于修辞，他以"自然"做衡量的标尺，如称赞陶渊明"一语天然万古新"，斛律金"穹庐一曲本天然"；对于谢灵运的"池塘生春草"，也表示热切的欣赏。反之，对于讲求"切响浮声"的齐梁诗以及齐梁诗的追随者沈宋，则施以讥笑口吻。至对于怪词惊众的卢仝与闭门觅句的陈师道,一个斥为"儿辈从教鬼画符",一个又斥为"可怜无补费精神"。

真实的描写,是元好问的另一标尺。他提出了"心画心声总失真"、"暗中摸索总非真"的棒喝。于是尽力谴责潘岳的言行不符;同时认为杜甫所以能够"画图临出秦川景",是由于"亲到长安"。

写作要发挥创造性,这是元好问的又一要求。他推崇杜甫的伟大,不仅是长于"排比铺张",妙在于融会古人的精华而写出创造性的作品。他对于北宋诗人苏轼、黄庭坚,都是尊重的。他只叹惜苏门诸人不能发扬光大,将苏诗推进到"百态新"的程度;江西诗派诸人,谨守庭坚衣钵,不能推陈出新,所以他"未作江西社里人"。

"雄壮"易流于粗疏,"自然"易流于轻滑,元好问为杜绝这两种偏向,从实践中领会出"研磨"的必要性。他说:"我诗初不工,研磨出艰辛"(《答王辅之》)。怎样研磨呢?"文须字字作,亦要字字读。咀嚼有余味,百过良未足。工夫到方圆,言语通眷属"(《与张仲杰郎中论文》)。经过细咀慢嚼,经过千锤百炼,达到明白易晓的境地,才算是诗的技巧上的成功。

律诗形成于初唐,它的字、句、声、韵,都有严格的限制,其结果陈陈相因,流于板滞,于是就产生一种突破规格的拗体诗。中唐以后,李商隐、赵嘏等,创造了以第三字跟第五字平仄互易的拗体七律,如"溪云初起日沉阁,山雨欲来风满楼"是。至元好问又创一种拗第五、六字的句法,如"市声浩浩如欲沸,世路悠悠殊未央";"春波淡淡沙鸟没,野色荒荒烟树平";"长虹夜饮海欲竭,老雁叫群秋更哀"等[14]。在七言古诗方面,元好问往往一韵到底,每换一意,即顶承上韵,协一复韵以开下文,如《并州少年行》、《涌金亭示同游诸君》、《范宽秦川图》,都是这样作法。这些虽然都是小的变革,对后世的影响,也并不大,但由此也可以看到元好问在技巧上的匠心独运。

总之,元好问承袭了我国古代诗人的优良传统,特别是陶渊明、杜甫、苏轼对他的影响很深,这是从他一生对诗的研究方面和作品中明明白白可以看到的。但十三世纪中国北方的政治经济,毕竟跟陶、杜、苏所处的时代,有所不同。他沿着我国传统文学现实主义的道路,反映了金元之际社会矛盾斗争的轮廓,运用雄健的笔力,写出亡国乱世的哀思,实在是祖国古典文学领域中一部分有价值的遗产。

四

关于本书选注方面,有几点值得一提:

《元遗山全集》有好几种版本。关于诗的部分,清人施国祁根据华希闵及曹益甫本而著的《元遗山诗集笺注》,存诗最多,凡一千三百六十一首,本书即从施本中选录其思想性艺术性较高的代表作计二百二十六首。

诗的编排,以写作的先后为顺序。元诗写作年代,有见于标题的,有见于自注的,也有可以从诗句中推定的;另外还有某些很难确定具体年月的作品,则约略指出它的成诗时期。关于诗的编年,多依据清人李光廷《广元遗山年谱》;李谱不够恰当的地方,则参酌历代各家及近人的意见,加以蠡测。

全书文字以上海涵芬楼影印的明弘治刊《遗山先生文集》为准;影印本的错字,则参汲古阁《遗山诗集》(即曹益甫本)为之校正。

元诗原有许多自注,有的列在题下,有的列在句中,有的列在篇末,本书一仍其旧,不加改变和移动。至于编者所作的注释,力求通俗;但在某些带有关键性的问题上,也适当地注明出处。

河南洛宁、宜阳、叶县人民委员会,河北获鹿县文化馆,代为调查古迹、对证地名;山西忻县郭高岚专员代为搜集元好问遗像以及元墓、野史亭照片;柯定础(璜)老先生题签,阎宗临先生借给"遗山笔迹",陶伯行先生校阅了全部初稿,这些都是对本书有益的帮助,谨于此一并致谢。

最后,本书的缺点和错误,希望能够得到读者的指教!

郝建梁树侯　一九五八年五一节前夕

〔1〕斯大林《与美国工人代表团谈话》。

〔2〕〔3〕《归潜志》卷八。

〔4〕〔5〕《金史·食货志》。

〔6〕《二十二史札记·大定中乱民独多》。

〔7〕《金史·哀宗本纪·正大八年十一月诏》。

〔8〕《归潜志》卷七。

〔9〕《金史·哀宗本纪》。

〔10〕《反杜林论》一五三页。

〔11〕《送秦中诸人引》。

〔12〕《中州集·王万锺传》。

〔13〕〔14〕《瓯北诗话》。

附录

元好问年表

家世

先世 系出北魏鲜卑族拓跋氏,后改姓元。落籍汝州(今河南临汝县)。

远祖 元结(719—772),字次山,唐肃宗时,任监察御史,道州刺史。卒赠礼部侍郎。唐代古文运动先驱之一(《新唐书》卷一四三有传)。

高祖 元谊。北宋宣和年间为忻州神虎军使。

曾祖 元春。北宋隰州团练使,后赠忠显校尉。
曾祖母王氏。

祖父 元滋善。金朝进士,历任柔服丞、铜山令。
祖母赵氏。

生父 元德明(字),号东岩。未仕,教授为业。
生母王氏。

嗣父 叔父元格。历任掖县令、陵川令、陇城令。
母张氏。

叔父　元升,字德清。以兄荫补承奉班。

长兄　元好古,字敏之,殁于贞祐二年忻州屠城之祸。

仲兄　好谦,字益之。

元好问　字裕之。元配张氏,继配毛氏。

长子　元抚(拊),字叔仪,小名阿千。仕元,汝州知州。

次子　元振,字叔开,小名宁儿。仕元,太原参佐。

季子　元揆,字叔纲,小名阿中。仕元,都省监印。

长女　元真,婿程思温。

次女　元严,婿杨思敬。婿死后为女冠,宫中女教,号浯溪真隐。

三女　元珍。小名阿秀。早卒。

四女　叔闲,婿翟国才。

五女　(无名),婿霍继祖。

　　注:元好问尚有一子,小名阿辛,早卒。有《清明日改葬阿辛》诗。叔仪、真、严、珍为张夫人出;叔开、叔纲、叔闲及另一女为毛氏出。

元好问年谱

庚戌　1190年。　金章宗完颜璟明昌元年(正月丙辰朔改元);南宋光
　　宗赵惇(受内禅)绍熙元年。
　　一岁。初生七月,过继给叔父元格(陇城府君),
　　是年:贾益谦(字亨甫)47岁;许古 (字道真)34岁;萧贡(字真
　　卿)33岁;赵秉文(字周臣)32岁;王革(著,字德新)32岁;郝
　　天挺(字晋卿)、秦略(字简夫)30岁;冯璧(字叔献)29岁;杨
　　云翼(字致〔或之〕美)21岁;完颜璹(字子瑜)19岁;曹珏(字
　　子玉)18岁;王若虚(字从之)17岁;冯延登(字子骏)15岁;

常用晦(字仲明)13 岁;张特立(字文举)、赵滋(字济甫)12
岁;李冶(字仁卿)11 岁;刘从益(字云卿)、程震(字威卿)10
岁;麻九畴(字知几)8 岁;雷渊(字希颜)、康锡(字伯禄)7 岁;
刘昂霄(字景玄)、王渥(字仲泽)、商衡(字平叔)、杨奂(字焕
然)5 岁;王万钟(字元卿)、耶律楚材(字晋卿)、张柔(字德
刚)、王鹗(字百一)生。

金:初设应制及宏词科。六月,敕僧道三年一试。十一月,以惑
众乱民,罢全真及五行毗卢。制诸职官让荫兄弟子侄者,从其
所请。

南宋:光宗赵惇(孝宗第三子)立,年号绍熙。二月,殿中侍御史
刘光祖乞禁讥议道学者。

辛亥 1191 年。 金章宗明昌二年。宋光宗绍熙二年。

二岁。赵天锡(字受之)生。

金:二月,谕有司,进士程文但合格者即取之,毋限人数。袭封
衍圣公孔元措视四品秩。十一月,夏人杀边将阿鲁带。十二
月,诏罢契丹字。

壬子 1192 年。 金章宗明昌三年。宋光宗绍熙三年。

三岁。李汾、李献能、冀禹锡生。

金:三月,泸沟石桥成。五月,罢北边开壕之役。大旱,饥荒。

南宋:谋去"吴家军"(吴玠、吴璘镇蜀所部军队)。诸路大水。

癸丑 1193 年。 金章宗明昌四年。宋光宗绍熙四年。

四岁。开始读书。

金:八月,章宗释奠孔子庙,北面再拜。十二月,定武军节度使
郑王完颜永蹈以谋反,伏诛。尚书省乞是年增取进士,诏然
之。夏王李仁孝卒,谥仁宗,子纯佑立,改元天庆。大有年。

南宋:朱熹知潭州,因金人问:"朱先生安在?"故有是命。

甲寅　1194 年。　　金章宗明昌五年。宋光宗绍熙五年。

五岁。从父格官掖县。

金：正月，册李纯佑为夏国王。诏购求《崇文总目》内所缺书
　　籍。三月，置弘文院，译写经书。八月，黄河决口阳武故堤。

南宋：六月，太上皇孝宗赵眘卒。七月，光宗内禅第二子嘉王赵
　　扩。朱熹为焕章阁待制，四十六日罢去。

乙卯　1195 年。　　金章宗明昌六年。宋宁宗赵扩庆元元年。

六岁。

金：罢陕西括田。三月，以北边粮运，括群牧所、三招讨司猛安
　　谋克等及太原官民骆驼五千充之，惟民以驼载为业者勿括。
　　五月，镐王永中以罪赐死，并及二子。左丞相夹谷清臣出师
　　临潢。

南宋：六月，以韩侂胄为保宁军节度使，提举万寿观。十二月，置
　　楚州弩手效用军。命朱熹为焕章阁待制，辞。

丙辰　1196 年。　　金章宗承安元年。宋宁宗庆元二年。

七岁。入小学。能诗，太原王汤臣称为神童(郝经撰碑)。

金：正月，大盐泺群牧使移剌睹等为广吉剌部所败，死之。二
　　月，初造虎符发兵。特满群牧契丹陁锁、德寿败。

南宋：称理学为伪学；朱熹削职。是科取士，稍涉义理者悉黜落，
　　《六经》、《语》、《孟》、《中庸》、《大学》等书被禁。

丁巳　1197 年。　　金章宗承安二年。宋宁宗庆元三年。

八岁。学作诗(《南冠录引》)。

金：二月，特命衍圣公孔元措世袭兼曲阜令。四月，比岁北边调
　　度颇多，降僧道空名度牒紫褐师德号以助军储。亲王宣敕始
　　用女直字。九月，遣官分诣上京、东京、北京、咸平、临潢、西京
　　等路招募汉军。

南宋:十二月,诏省部籍伪学朱熹、叶适等五十九人姓名。

戊午 1198 年。　金章宗承安三年。宋宁宗庆元四年。

九岁。

金:三月,复榷醋。五月,设四易务,更立行用钞法。

南宋:五月,加韩侂胄少傅,赐玉带。诏禁伪学。

己未 1199 年。　金章宗承安四年。宋宁宗庆元五年。

十岁。

金:三月,册王晫为高丽国王。五月,应奉翰林文字陈载言四事,其一为边民苦于寇掠。十一月,敕京府州县设普济院。十二月,更定科举法。

南宋:七月,禁高丽、日本商人博易铜钱。八月,立沿边诸州武举取士法。九月,加韩侂胄少师,封平原郡王。

庚申 1200 年。　金章宗承安五年。宋宁宗庆元六年。

十一岁。从父官冀州。学士路铎赏其俊爽,教之为文。

金:正月,以尚书省言,会试策论、词赋、经义,不得过六百人,不及其数者阙之。九月,命枢密使宗浩、礼部尚书贾铉,佩金符行省山东等路括地。十二月,诏改明年为泰和元年。

南宋:三月,朱熹卒。八月,光宗赵惇卒。十月,加韩侂胄太傅。

辛酉 1201 年。　金章宗泰和元年。宋宁宗嘉泰元年。

十二岁。随父调官中都。

金:正月,太府监孙复言:"方金在仕者三万七千余员,而门荫补叙居三之二。……至于进纳之人,既无劳绩,又非科第,而亦荫及子孙,无所分别。"乃更定荫叙法。四月,诏谕契丹人户,累经签军立功者,官赏恩例与女直同,仍许养马、为吏。九月,更定赡养学士法。十月,敕有司,购遗书宜尚其价。

南宋:三月,临安大火,四日乃灭,毁民居五万二千余家。七月,以吴曦为兴州都统制兼知兴州。

壬戌 1202年。 金章宗泰和二年。宋宁宗嘉泰二年。

十三岁。

金:十一月,更定德运为土。赵秉文迁翰林院修撰。王庭筠卒。

蒙古:铁木真败乃蛮。

南宋:弛伪学党禁。加韩侂胄太师。

癸亥 1203年。 金章宗泰和三年。宋宁宗嘉泰三年。

十四岁。从父官陵川,受业于郝天挺。

金:十月,奉御完颜阿鲁带使宋还,言宋权臣韩侂胄市马厉兵,
    将谋北侵。章宗怒,以为生事,笞之五十,出为彰德府判官。

蒙古:铁木真灭汪罕,汪罕为乃蛮部将所杀。

南宋:七月造战舰,八月增置襄阳骑军。

甲子 1204年。 金章宗泰和四年。宋宁宗嘉泰四年。

十五岁。学时文。

金:二月,始祭三皇、五帝、四王。二至五月,山东、河北旱。六
    月,罢诸路医学博士。十月,诏亲军三十五以下令习《孝经》、
    《论语》。十二月,陕西、河南饥民所卖男女,官为赎之。

蒙古:铁木真大败乃蛮。

南宋:正月,韩侂胄定议伐金。五月,追封岳飞为鄂王,封刘光世
    为鄜王。赠宇文虚中少保。浙东安抚使辛弃疾入见,言金必
    乱亡,应作仓卒应变之计。

乙丑 1205年。 金章宗泰和五年。宋宁宗开禧元年。

十六岁。赴试并州。生父元德明卒。

金:三月,宋兵入巩州来远镇。五月,籍诸道兵以备宋。六月,
    召诸大臣问备宋之策,皆以设备养恶为言。章宗以南北和好
    四十余载,民不知兵,不忍先发。十一月,宋人入内乡,击

124

败之。

蒙古:铁木真征西夏,大掠而还。

南宋:三月,武学生华岳谏开边衅,乞斩韩侂胄等。九月,遣使如
金,金主谕以和好岁久,委曲涵容。丘崇谏伐金。

丙寅 1206年。 金章宗泰和六年。蒙古铁木真成吉思汗(太祖)元
年。宋宁宗开禧二年。

十七岁。父卸陵川令,仍留陵川。

金:五月,以宋叛盟出师,平章政事仆散揆为左副元帅。七月,
夏国王李纯佑废,侄李安全立,改元应天。九月,册李安全为
夏国王。十月,仆散揆九路伐宋。十二月,宋将吴曦降,立之
为蜀王。多路伐宋。

蒙古:铁木真即皇帝位于斡难河之源,号曰"成吉思汗"。始议
伐金。擒乃蛮卜欲鲁罕。

南宋:四月,追夺秦桧王爵,改谥"缪丑"。吴曦反,献阶、成、和、
凤四州于金,求封蜀王。五月,下诏伐金。十二月,韩侂胄以
诸路皆败,谕丘崇遣使入金议和。

丁卯 1207年。 金章宗泰和七年。蒙古太祖二年。宋宁宗开禧
三年。

十八岁。父格始教以民政。归新兴(忻州),复返陵川。

金:正月,敕宰臣举材干官同议南征事。二月,遣术虎高琪等册
吴曦为蜀国王,吴曦旋被宋人杀死。十一月,宋乞和,请称伯,
复增岁币、犒军钱,诛苏师旦函首以献。命宋函韩侂胄首以赎
淮南故地。

蒙古:秋,再征西夏。

南宋:二月,四川转运使安丙诛吴曦,传首临安。九月,遣方信儒
如金求和,金提出五个条件。十一月,礼部侍郎史弥远诛韩侂

胄。辛弃疾卒。

戊辰　1208 年。　金章宗泰和八年。蒙古太祖三年。宋宁宗嘉定
　　　元年。

十九岁。由陵川归新兴,又随父官略阳,应试长安。

金:四月,南宋函韩侂胄等首至。十一月,章宗崩,年四十一。
由元妃李氏、黄门李新善、平章政事完颜匡定策,立卫王完颜
永济。

蒙古:冬,再征脱脱及屈出律罕。

南宋:三月,王枘送韩侂胄、苏师旦首于金。复秦桧爵、谥。六
月,金归大散关及濠州。八月,宋金和议成。

己巳　1209 年。　金卫绍王大安元年。蒙古太祖四年。宋宁宗嘉定
　　　二年。

二十岁。长女元真生。回新兴,游代州。

金:正月,改元,大赦。四月,杀章宗元妃李氏,承御贾氏。

蒙古:春,畏兀儿国降。围中兴府(银川),夏主纳女请和。

南宋:陆游卒,年八十五。

庚午　1210 年。　金卫绍王大安二年。蒙古太祖五年。宋宁宗嘉定
　　　三年。

二十一岁。春,父格疽发于鬓,卒官陇城,扶柩还秀容。

金:四月,邠州黄河清五百余里。五月,诏儒臣编《续资治通
鉴》。八月,立子胙王从恪为皇太子。夏人侵葭州。九月,京
师戒严,禁民说边事。是岁,自二月至九月,多次地大震。岁
大饥。

蒙古:春,遮别袭杀金乌沙堡驻兵,向东略地,与金绝。

南宋:二月,黎州蛮扰边,十二月降。湖南峒“乱”平。

辛未　1211 年。　金卫绍王大安三年。蒙古太祖六年。宋宁宗嘉定

四年。

二十二岁。家居,年底至燕都。

金:三月,括民间马,令职官出马有差。四月,铁木真来征,遣使乞和,不许。八月,夏主安全卒,侄遵顼立,改元光定。九月,居庸关失守,蒙古前军至中都。翰林学士党怀英卒,年七十八。十一月,签中都在城军,十二月,签陕西两路汉军五千人赴中都。是年,西、北诸州包括忻、代,皆被蒙古征袭。

蒙古:二月,铁木真自将南伐。野狐岭、乌沙堡、会河川之战,均获大胜。九月,入居庸关抵中都。十月,袭金群牧监,驱其马而还。皇子术赤、察合台、窝阔台分征云内、东胜、武、朔等州,拔之。冬,驻跸金北境。

南宋:叙州蛮乱。十月,命江淮、京湖、四川制置司注意边备。

壬申 1212年。　金卫绍王崇庆元年。蒙古太祖七年。宋宁宗嘉定五年。

二十三岁。燕京应试,不遇。

金:正月己酉朔,改元崇庆。三月,册李遵顼为夏国王。夏人犯葭州。五月,签陕西军赴中都,括陕西马。是年,大旱、饥。

蒙古:正月,耶律留哥降蒙古。破金昌、桓等州。獾儿嘴之战,败金三十万兵。秋,铁木真围西京(今大同),中流矢,撤围。十二月,克东京(辽阳府)。

南宋:三月,叙州蛮降。六月,禁铜钱过江。

癸酉 1213年。　金卫绍王至宁元年、宣宗完颜珣贞祐元年。宋宁宗嘉定六年。

二十四岁。家居。

金:五月,改元至宁。六月,夏人犯保州、庆阳府。八月,胡沙虎弑卫绍王。九月,升王完颜珣(宣宗)即位,改元贞祐。十月,蒙古乙里只(即使者)来。术虎高琪两次兵败,回兵杀胡沙虎。十一月,夏人攻会州。庚午,将乞和于蒙古。

蒙古:春,耶律留哥自立为辽王,改元元统。秋,分兵三道征金,败术虎高琪于怀来,拔忻、代等州。金将史天倪、萧勃迭降,木华黎以之为万户。是岁,河北郡县几乎尽拔,仅十一城未下。

甲戌 1214 年。　金宣宗贞祐二年。蒙古太祖九年。宋宁宗嘉定七年。

二十五岁。春,避兵阳曲山中。三月,蒙古兵屠忻州,兄好古遇害。夏,至汴。与杨云翼、赵秉文初交。

金:正月,蒙古兵破彰德、益都,宋人攻秦州。三月,遣都元帅兼平章政事完颜承晖诣蒙古军乞和,京师大括粟。奉卫绍王女为铁木真公主皇后。四月,蒙古兵允和。五月,宣宗南迁,七月至南京(汴梁)。八月,夏人入边。九月,莱州捷。十二月,以和议既定,听民南渡。

蒙古:三月,谕金主求和。金以卫绍王女岐国公主及金帛、童男女五百、马三千以献。兵出居庸。六月复围中都。十月,木华黎征辽东。

南宋:五月,以真德秀疏,罢贡金岁币。

乙亥 1215 年。　金宣宗贞祐三年。蒙古太祖十年。宋宁宗嘉定八年。

二十六岁。春,汴试不遇。

金:正月,夏人犯环州(今甘肃环县)。北京军乱。二月,定此后科举选士均在南京。四月,新定进士任官等级。五月,中都破,中都留守、尚书右丞相兼都元帅完颜承晖死之。蒙古兵明安部入燕,焚宫室月余不熄。七月,括民间骡。八月,增沿河阑籴之法,十取其八,以抑贩粟之弊,仍严禁私渡。十一月,知临洮府破夏人八万于城下。

蒙古:先后取金通州、北京、兴中府,败金李英援中都兵于霸州。五月,取中都。七月,谕金主去帝号,为河南王,当为罢兵,不从。诏史天倪南征。秋,取城邑凡八百六十有二。

南宋:兰州盗程彦晖求内附,却之。

丙子 1216年。 金宣宗贞祐四年。蒙古太祖十一年。宋宁宗嘉定九年。

二十七岁。蒙古兵围太原。五月,奉太夫人及全家南渡河,寓居福昌县三乡镇。十月,蒙古兵破潼关,避兵女几山三潭,兵退返三乡。

金:四月,罢沿河阑籴之法。红袄军仍很活跃。十二月,术虎高琪请修南京里城。大旱、蝗。

蒙古:四月,辽王耶律留哥降。秋,破潼关,抵汴京而还。十月,蒲鲜万奴降,既而复叛,称东夏。

南宋:二月,东西两川地大震。

丁丑 1217年。 金宣宗兴定元年。蒙古太祖十二年。宋宁宗嘉定十年。

二十八岁。在三乡,作《论诗绝句三十首》、《锦机》。赴汴京试,不遇。

金:正月,术虎高琪请伐宋以广疆土,宣宗不许。于四路行科举考试。二月,不允许罢州府学生廪给。四月,以宋岁币不至,命经略南边。花帽军作乱。五月,破夏人。九月,改元兴定。十一月,诏唐、邓、蔡行元帅府伐宋。

蒙古:夏,金求和。木华黎封太师、国王,帅纠、汉军南征,拔河北、山东数州。

南宋:四月,金人数道来攻。七月,李全率众来降。

戊寅 1218 年。　金宣宗兴定二年。蒙古太祖十三年。宋宁宗嘉定
十一年。

二十九岁。由三乡移居登封。

金：四月，辽东便宜阿里不孙贷粮高丽，不应。特赐武举温迪罕
以下一百四十人及第。败红袄军、黑旗军。八月，复禁北归民
渡河。十二月，以开封府治中吕子羽等使宋讲和。

蒙古：八月，兵出紫荆，获金行元帅事张柔，命官其旧职。木华黎
自大同克太原、平阳及忻、代、泽、潞、汾、霍等州。张柔败武仙
于满城。高丽王曒降，请岁贡方物。

南宋：正月，以李全为京东路总管。十二月，金主珣遣使求和，不
纳，遂使其太子守绪会兵入扰。

己卯 1219 年。　金宣宗兴定三年。蒙古太祖十四年。宋宁宗嘉定
十二年。

三十岁。三女阿秀生。春往昆阳后湾别业。复回登封。

金：正月，金人不纳吕子羽，诏伐宋。二月，宣宗谓宰臣："江淮
之人，号称巽懦，然官军攻蔓菁峪，其众困甚，胁之使降，无一
肯从者。我家河朔州郡，一遇北警，往往出降，是何理也？"闰
三月，以南伐师还，罢南边州郡籍民为兵者。四月，筑京师里
城。十一月，诏朝官七品、外路六品以上官，二岁举县令一人。
十二月，诛右丞相术虎高琪。

蒙古：张柔、木华黎克河北、山西数城、州。

南宋：六月，败金人于枣阳。十二月，分道伐金。

庚辰 1220 年。　金宣宗兴定四年。蒙古太祖十五年。宋宁宗嘉定
十三年。

三十一岁。六月，与李献能、王渥等游洛阳玉华谷。秋赴汴京试
中举。复回登封。

金：三月，议迁睢州。六月，遣人招张柔。宣宗曰："吾民奔宋者，彼例衣食之。彼来归者，不善视之，或复逃归，漏泄机事。"八月，与夏人议和。武仙降蒙古。夏人多次来侵。

蒙古：秋，南宋济南治中东平严实籍彰德、大名、磁、洺、恩、博、滑、浚等州户三十万来归，授金紫光禄大夫，行尚书省事。

南宋：安丙遣兵会夏人伐金。

辛巳 1221年。 金宣宗兴定五年。蒙古太祖十六年。宋宁宗嘉定十四年。

三十二岁。春赴汴京试，登进士第不就选，座主赵秉文。同年中选者十八人。归登封，与冯璧、雷渊游嵩山。

金：正月伐宋。三月，取经义进士，超额十余人。四月，俘宋宗室男女七十余口献于京师。诏定进士中下甲及监官散阶至明威者举充县令法。十二月，蒙古兵陷潼关、京兆。罢辟举县令法。红袄军活动甚烈。

蒙古：夏四月，金遣使奉国书请和，不允。宋遣苟梦玉请和。十月，木华黎克关中诸州。宋京东安抚使张琳以京东诸郡来降。

南宋：十一月，四川宣抚使安丙卒。

壬午 1222年。 金宣宗元光元年。蒙古太祖十七年。宋宁宗嘉定十五年。

三十三岁。至孟津、荥阳等地，游览楚汉战争处（今称汉霸二王城）。

金：二月，三路军马伐宋。四月，蒙古兵攻陵川。更定辟举县令之法而复行之。八月，兵复河间府。九月，宋人侵南阳。十二月，蒙古兵攻凤翔。

蒙古：秋，金复遣使请和，见帝于回鹘国。铁木真答："河朔既为我有，关西数城未下者，其割付我。令汝主为河南王，勿复违也。"十二月,灭回回国。

南宋:以李全为保守军节度使,京东、河北镇抚使。

癸未 1223 年。　金宣宗元光二年。蒙古太祖十八年。宋宁宗嘉定
十六年。

三十四岁。过鄘城见麻九畴。夏往昆阳,回登封,复至汴京。

刘昂霄卒,年三十八。郝经生。

金:正月,蒙古兵下河中府(今山西蒲州)。二月,凤翔围解。
六月,议遣人招李全、严实、张林。七月,诏籍陕西路侨居官民
为军。屡破宋军。十二月庚寅,宣宗卒,年六十一。太子完颜
守绪即位于枢前。

蒙古:三月,太师木华黎卒于解州(今山西运城西南解州)。夏,
以定西域,置达鲁花赤监治之。宋复遣苟梦玉来。攻夏,夏王
遵顼传国于其子德旺。

南宋:淮西都统许国屡疏李全必反,李全知,不悦。

甲申 1224 年。　金哀宗完颜守绪正大元年。蒙古太祖十九年。宋
宁宗嘉定十七年。

三十五岁。五月应宏辞科中选,雪"元氏党人"之诬。授儒林
郎、权国史馆编修官。

刘从益卒。年四十四。

金:正月戊戌朔,改元正大。五月,赐六十余人进士及第。榜谕
宋界军民更不南伐。九月,复泽、潞。十月,夏国来修好。改
定辟举县令法。

蒙古:史天倪败宋将彭义斌。铁木真至东印度国,班师。

南宋:闰八月,宁宗卒。沂王贵诚立,改名昀。

乙酉 1225 年。　金哀宗正大二年。蒙古太祖二十年。宋理宗赵昀
宝庆元年。

三十六岁。春,奉命去郑州为卫绍王事访致仕右丞相贾益谦。
　　六月,还登封,往昆阳、阳翟,复回登封。作《杜诗学》。

金:四月,武仙来奔。九月,夏国和议定,以兄事金,奉国书称
　　弟。十月,不再擅杀红袄军。诏赵秉文、杨云翼作《龟镜万年
　　录》。

蒙古:二月,武仙以真定叛,杀史天倪;董俊判官李全以中山叛。
　　三月,史天泽击走武仙。六月,史天泽擒斩彭义斌。

南宋:二月,李全作乱焚楚州,朝廷抚之。五月,李全袭彭义斌于
　　恩州,义斌败之。六月,彭义斌围严实于东平,严实请和。京
　　东州县尽陷。

丙戌 1226年。　金哀宗正大三年。蒙古太祖二十一年。宋理宗宝
　　庆二年。

三十七岁。四月过方城,从商帅完颜鼎至南阳。秋归嵩下,旋除
　　镇平令。

金:五月,宋兵掠寿州境。八月,移刺蒲阿复曲沃及晋安。设益
　　政院于内廷,以礼部尚书杨云翼等为益政院说书。十一月,议
　　与宋修好。南宋夏全、王义深、张惠、范成进以城降,封四人为
　　郡王。

蒙古:十一月征夏。十二月李全降。

南宋:三月,蒙古兵围李全于青州。四月,夏主德旺以忧卒,侄李
　　睍(xiàn 现)立。

丁亥 1227年。　金哀宗正大四年。蒙古太祖二十二年。宋理宗宝
　　庆三年。

三十八岁。元宵节由镇平卸任去内乡。

金:正月,增筑中京城。三月,签劳效官充军,有怨言,不果用。
　　征夏税二倍。五月,议乞和于蒙古。陕西行省进三策:上策自

将出战,中策幸陕州(今属河南三门峡市),下策弃秦保潼关,不
从。六月,遣和议使。七月,蒙古兵徇京兆,关中大震,签民军。
八月,李全龟山败金军。蒙古兵下商州(今属陕西商洛市)。

蒙古:五月,遣唐庆等使金。六月,夏主李睍降。七月,铁木真卒
于六盘山(宁夏固原西南接隆德县)。临终谓左右:蒙古应假
道于宋,直捣大梁,破金必矣。四子拖雷监国。

南宋:正月,赠朱熹太师、信国公。五月,李全降蒙古。八月,以
李全行省事于淮安。

戊子 1228 年。　金哀宗正大五年。蒙古拖雷监国。宋理宗绍定
元年。

三十九岁。仍居内乡。丁母张太夫人忧。十月二十四日去卢
氏。长寿新居成。张澄(别字仲经)来卜邻。

杨云翼卒,年五十九。

金:正月,遣使去蒙古吊慰。增筑归德行枢密院,拟工役数百
万。完颜陈和尚大败蒙古兵于大昌原(今甘肃宁县西),以四
百骑破蒙古八千众,为蒙金交战二十年来第一次大捷。

蒙古:皇子拖雷监国。

南宋:十一月,诏申严皇城司给符之制,照阑入法。

己丑 1229 年。　金哀宗正大六年。蒙古太宗窝阔台元年。宋理宗
绍定二年。

四十岁。长子阿千生。作《东坡诗雅》。居内乡白鹿原。

金:二月,以丞相完颜赛不行尚书省于关中。八月,再复泽、潞。
十月,诏陕西行省遣使奉羊酒币帛乞蒙古缓师讲和。

蒙古:八月,窝阔台即帝位于怯绿连河。却金朝完颜阿虎带归太
祖之赗,遂议伐金。始征蒙古人牲畜税,汉人西域人赋调,耶
律楚材主之。金复遣使来聘,不受。

南宋:四月,诏:郡县官阙,毋令艺术人、豪民、罢吏借补权摄。

庚寅 1230 年。　金哀宗正大七年。蒙古太宗窝阔台二年。宋理宗
绍定三年。

四十一岁。春,以居丧为辞,不就邓州帅移剌瑗之幕,复回内乡。

金:正月,解庆阳之围。二月,诏释宋俘二千五百人。赐进士
第。解蒙古兵对武仙卫州之围。行省于阌乡,以备潼关。

蒙古:正月,定诸路课税,酒十一,杂税三十之一。春,拔京兆。
朵忽鲁与金兵战,败绩。七月,帝自将南伐。十一月,始置诸
路课税使。攻潼关、蓝关不克。十二月,拔韩城、蒲城。

南宋:五月,以李全为彰化、保庆节度使,全不受命。十二月,全
攻扬州,赵范、赵葵等败之。

辛卯 1231 年。　金哀宗正大八年。蒙古太宗三年。宋理宗绍定
四年。

四十二岁。服除起复,迁南阳令。妻张氏卒。八月,内召擢尚书
省令史,移家汴京。与李汾遇于襄城。

雷渊卒。刘祁至汴。

金:正月,以枢密院判白华传谕解凤翔之围,金率军者不奉命。
四月,凤翔、京兆陷。十二月,河中府破,蒙古兵渡汉江而北,
分道趋汴京,汴京戒严。

蒙古:春,凤翔、洛阳、河中诸城下。五月,遣搠不罕使宋假道,宋
杀之。复遣史国昌使宋需粮。八月,始立中书省,耶律楚材为
中书令,粘合重山为左丞相,镇海为右丞相。高丽王皞请降。

南宋:正月,李全走死新塘(江苏徐州市北)。五月,收复淮安。

壬辰 1232 年。　金哀宗天兴元年。蒙古太宗六年。宋理宗绍定
五年。

四十三岁。除左司都事。建议执政以女直小字书国史一部,不

135

果。三月,女阿秀卒。著《壬辰杂编》。三月,秦蓝总帅府经历官商衡殉国死。四月,赵秉文卒,年七十三。五月十二日,宗琦卒。七月,王渥卒,年四十七。十一月,李献能见杀,年四十一。

金:正月十九日改元开兴,四月又改元天兴。正月,襄城败,郑州降。蒙金三峰山大战,金败,完颜陈和尚、杨沃衍走钧州(今河南禹州),城破皆死,武仙走密县,自是,兵不复振。二月,西线军溃,初九日,冯延登使北来归。十九日,括京师民军二十万分隶诸帅。三月,中京破,蒙古自郑州遣使谕降,书索赵秉文、孔元措等二十七家、归顺人家属等。曹王完颜讹可出质蒙古,裴满阿虎带为讲和使。四月,金乞和,蒙古许和,改圣旨为制旨。五月,汴京大疫,五十日间,死九十余万人。六月二十六日,曹王与其子还。二十八日,武仙杀李汾。七月初五,飞虎军杀蒙古使者唐庆等三十余人,和议绝。十二日,签民为兵。蒙古将领国安用来降,封之为兖王,行京东等路尚书省事,赐姓完颜,改名用安。括粟。二十日,免府试。卖官及进士第。闰九月,遣使以铁券一、虎符六、大信牌十、织金龙文御衣一、赵王玉鱼带一、弓矢二、赐兖王国用安,其父母妻皆封赠之。又以世袭宣命十、郡王宣命十、玉兔鹘带十,付国用安,其同盟可赐者即赐之。再括京城粟。十一月,京城人相食。十六日,国用安率兵至徐州,不纳,退保涟水。十二月初一,因事势危急,问白华计,白华对以春秋纪季以酅(xī 希,春秋时纪国地,在今山东淄博市东)入齐之义,即投降蒙古,以保全金宗宣、宗庙之意,随以白华为右司郎中。初十日,再议哀宗出征,布置留守事。遣魏璠往邓州召武仙入援。二十五日,哀宗出汴京,因"京西三百里间无井灶,不可往",决议东行。三

136

十日,诸将请哀宗幸河朔,从之。蒙古速不台复围汴京。

蒙古:窝阔台正月初七由白坡渡黄河。初九日,拖雷渡汉江,屡战皆捷。三月,金主遣曹王讹可入质,退军河、洛。七月,国安用降金。唐庆使金被杀。八月,败武仙及完颜思烈援汴京军。九月,拖雷卒,帝还龙庭。

南宋:正月,以孟珙为京西兵马钤辖,屯枣阳。金盱眙守将以城来归。十二月,蒙古再遣王檝来京湖议夹攻金。蒙古许俟灭金后,以河南地归宋,许之。

癸巳 1233 年。　金哀宗天兴二年。蒙古太宗五年。宋理宗绍定六年。

四十四岁。正月,蒙古围汴京甚急,好问建议留守完颜奴申、完颜习捻阿不等立二王监国,效春秋纪季入齐之义以全两宫及皇族。二十三日,汴京西面元帅崔立叛降蒙古,好问与刘祁等被迫作崔立功德碑文,元擢为左右司员外郎,刘祁等赐进士出身。四月二十日,蒙古兵入汴京,二十二日,元好问向耶律楚材上书,推荐五十四人,请求保护任用。四月二十九日,被蒙古兵押往山东聊城羁管。至聊城后,开始编《中州集》。
三月,冀禹锡卒,年四十二。

金:正月初一,哀宗北渡黄河。初六日,攻卫州大败。十四日,东走归德。十五日,诸军溃。十六日,至归德。二十三日,崔立与药安国、韩铎等为乱,杀汴京留守参知政事完颜奴申等,立卫绍王子从恪为梁王、监国,自为太师、都元帅、右承相、尚书令、郑王。三十日,哀宗遣人至徐州相地形、察仓实,遣白华到邓州召兵。三月,国用安等请哀宗去海州,不从。蔡州帅乌古论镐请幸蔡州,哀宗同意。蒲察官奴为乱,杀参知政事等三百余官吏,哀宗被迫授蒲察官奴为参知政事兼副元帅。四月,崔立以梁王从恪、荆王守纯及诸宗室男女五百余人至青城献蒙古,蒙古杀二王及诸宗室男女,驱太后、皇后等北迁。邓州节度使移剌瑗及白华俱亡入宋。六月,哀宗迁蔡。八月,宋金战,互有胜负。遣使至宋借粮,宋不许。十二月,外城、西城破。

蒙古:六月,以孔元措袭封衍圣公。八月,括中州户得七十三万余户。十一月,宋遣荆鄂都统孟珙以兵粮三十万石资蒙古。十二月,与宋军合攻蔡,败武仙于息州。金人海、沂、莱、潍等州降。

南宋:八月,史嵩之以兵会蒙古将领塔察儿伐金。九月,金人来乞粮,不许。塔察儿围蔡州。十月,史嵩之使孟珙等帅师会之。

甲午 1234 年。　金哀宗正大三年,金亡。蒙古太宗六年。宋理宗端平元年。

四十五岁。寓聊城至觉寺,撰《南冠录》。作《即事》记崔立被杀,《甲午除夜》悼金之亡。

金:正月初九日,哀宗传帝位于宗室、东面元帅完颜承麟。初十日,完颜承麟即帝位(末帝)。宋蒙军攻入城内,金军不能御。哀宗自缢于幽兰轩,年三十七。完颜承麟为乱兵所杀。金亡。李献甫死于蔡州之难,年四十。六月,金故将李伯渊等诛崔立。刘祁还乡,年三十二。

蒙古:正月灭金。七月,以胡土虎那颜为中州断事官。遣达海绀卜征蜀。秋,窝阔台议自将伐宋,国王查老温请行,遂遣之。

南宋:正月灭金后,以陈、蔡西、北地分属蒙古,蒙古以刘福为河南道总管。孟珙等分屯京西。四月,献金俘于太庙,论功行赏有差。赵范、赵葵请复三京(东京汴梁、南京应天——商丘、

138

西京洛阳),宋军为蒙古军击溃于汴、洛,退回。

乙未 1235年。　蒙古太宗七年。宋理宗端平二年。

　　四十六岁。由聊城移居冠氏(今山东冠县),复迁新居。七月,
　　与李天翼、杜仁杰游济南。刘祁撰《归潜志》。

　　蒙古:春,遣各路四征:拔都、皇子贵由、皇侄蒙哥征西域;皇子阔
　　端征秦、巩;皇子曲出、胡土虎伐宋;唐古征高丽。十一月,虏
　　宋襄、邓、郢、枣人民牛马数万而归。十一月,金便宜都总帅汪
　　世显降。

　　南宋:正月,以程芾为蒙古通好使。诏孟珙屯黄州,名镇北军。
　　珙至黄,边民来归者日以千数,为屋三万间以居之,厚加赈贷。
　　十二月,蒙古阔端入沔州,杀知州事,救却之。

丙申 1236年。　蒙古太宗八年。宋理宗端平三年。

　　四十七岁。居冠氏。三月二十一日偕冠氏令赵天锡往泰安会行
　　台严实,因游泰山,凡三十一日返冠氏。新居被焚,又营新居。
　　六月,冯璧自东平去镇阳(今河北正定)展墓见过。九月,作
　　《东坡乐府集选》。

　　蒙古:二月,再派人随曲出伐宋。三月,复修孔子庙及司天台。
　　六月,再括中州户,续得户一百一十余万。耶律楚材请立编修
　　所于燕京,经籍所于平阳,编集经史。七月,诏以中州民户分
　　赐诸王、贵戚、斡鲁朵,耶律楚材言非便,遂命止设达鲁花赤,
　　朝廷置官吏,收其租,颁之,非奉诏不得征兵赋。是年,取宋二
　　十余州、府。皇子曲出卒。姚枢从阔端拔枣阳,得赵复至燕,
　　北方始知程、朱性理之书。

　　南宋:十月,孟珙、丘岳分别败蒙古兵,收复成都。

丁酉 1237年。　蒙古太宗九年。宋理宗嘉熙元年。

　　四十八岁。夏往东平。八月,经大名、山阳(修武魏村)返忻州,

营居室。冬复返冠氏。

蘧然子赵滋卒。

蒙古:春,蒙哥征钦察部,擒其酋八赤蛮。八月,命术虎乃、刘中
以经义、词赋、论分为三科,试诸路儒士,儒人被俘为奴者亦令
就试,其主匿弗遣者死。中选者,除本贯议事官,得四千三十
人,免为奴者四之一。楚材又请一衡量、立钞法、定均输。冬,
宋请和。

南宋:五月,临安大火,自巳至酉,烧民房五十三万。黄州、安平
屡却蒙古兵。

戊戌 1238年。 蒙古太宗十年。宋理宗嘉熙二年。

四十九岁。春在冠氏。七月,以叔父之命,将就养于太原。复往
东平,与张特立、李桢(字周卿)、张澄等人话别。八月,别冠
氏诸人,经新乡、新卫、修武至济源寓舍。因脚无力,在济源停
留。十月,至山阳,与田德秀、史庭玉相晤。

蒙古:夏,宋复取襄樊。八月,诸路旱蝗,诏免今年田租。建"太
极书院"于燕京。

南宋:九月,杜杲守庐州,击走蒙古察罕军。十月,孟珙复郢州、
荆门军。

己亥 1239年。 蒙古太宗十一年。宋理宗嘉熙三年。

五十岁。夏,与阿千往游天坛。别覃怀诸君。挈家取道潞州,经
铜鞮(今山西沁县)、武乡、榆社,秋,回到忻州。

蒙古:春,皇子阔端自西川归。十二月,商人奥都剌合蛮买扑中
原银课二万二千锭,以四万四千锭为额,从之。(注:买扑,呈
官包税。)

南宋:孟珙三战三捷,收复襄阳、樊城。十二月,孟珙复夔州。

庚子 1240年。 蒙古太宗十二年。宋理宗嘉熙四年。

140

五十一岁。游定襄七岩。七月,避征兵。十月二十日,应严忠济之聘,往东平,经藁城,见王若虚。

四月,严实卒,年五十九,子忠济嗣。五月二十四日,赵天锡卒,年五十,子贲亨嗣。七月十四日,冯璧卒,年七十九。

蒙古:正月,皇子贵由克西域未下诸部。命张柔等八万户伐宋。十二月,诏贵由班师。是岁,因为官民借贷回鹘金偿官者年利加倍,名"羊羔息",为害甚炽,诏以官物代还,凡七万六千锭。又命,凡假贷岁久,惟子母相侔而止,不得再加利息,著为令。籍诸王大臣所俘男女为民。

南宋:春,临安大饥。张柔等分道来攻。以孟珙为四川宣抚使,珙大兴屯田,首秭归,尾汉口,为屯二十,十八万八千二百八十顷。置宁武军、飞鹘军。创"南阳"、"竹林"两书院,以处襄汉、四川流寓之士。

辛丑 1241年。　蒙古太宗十三年。宋理宗淳祐元年。

五十二岁。三月,自东平回,游黄华山。四月,往雁门、代州、浑源、应州,复回忻州。

蒙古:十月,命牙老瓦赤主管汉民公事。十一月,窝阔台卒,年五十六。窝阔台第六后乃马真氏称制于和林。

南宋:成都降蒙古。蒙古屠汉州(今四川广汉市)。十二月,蒙古遣使月里思麻等来议和,至淮上,囚之。

壬寅 1242年。　蒙古乃马真后称制元年。宋理宗淳祐二年。

五十三岁。家居。正月拟经营神山别业,未果。十二月,编《集验方》。

蒙古:七月,张柔渡淮攻宋扬、滁、和等州。燕行省郎中姚枢弃官隐苏门。

南宋:正月,蒙古复攻蜀,孟珙分兵御之。十月,蒙古屠通州(今江苏南通市)。

癸卯　1243年。　蒙古乃马真后称制二年。宋理宗淳祐三年。

五十四岁。春夏染病居家中。秋出雁门,游北岳,至宏州,取道
居庸,八月,至燕都,为耶律楚材作《祭先妣文》,及耶律楚材
父耶律履碑文。与赵复相晤(《赠答赵仁甫》有"两月燕城笑
语哗"之句),对赵复所传授之南宋道学不以为然。十月,还
太原,道出范阳(涿州)、藁城,拜王若虚墓。至南宫,看望
外孙。

四月,王若虚卒于泰山。

蒙古:正月,张柔分兵屯於襄城。秋,乃马真后命张柔戍杞。

南宋:二月,以吴玠为四川制置使,四川大治。筑城钓鱼山,徙合
州治之。

甲辰　1244年。　蒙古乃马真后称制三年。宋理宗淳祐四年。

五十五岁。春,经寿阳回家。五月,至崞县游凤山及前高山,复
往燕京,秋由燕返忻。即往河南迁母张太夫人柩,经丹阳至洛
阳、洛西。

蒙古:五月,中书令耶律楚材卒,年五十五。

南宋:十二月,以孟珙兼治江陵府,环城以水,以阻骑兵。

乙巳　1245年。　蒙古乃马真后称制四年。宋理宗淳祐五年。

五十六岁。由洛西至内乡。奉张太君柩归忻州。八月往崞县。
冬经大名往东平,去曲阜拜孔林孔庙,还东平。

蒙古:秋,后命马步军都元帅察罕与张柔攻淮西,拔寿州,宋制置
使赵葵请和,乃还。

南宋:赵葵知枢密院事。

丙午　1246年。　蒙古定宗贵由元年。宋理宗淳祐六年。

五十七岁。春,自东平经彰德、端氏(山西沁水县东端氏村)回

忻州。七月,得足瘘症。八月葬张太君。

九月,曹珏卒。

蒙古:七月,窝阔台长子贵由嗣位。冬,权万户史权等出兵淮南,
围黄州。

南宋:九月,孟珙卒。以贾似道为京湖制置使。十二月,蒙古攻
京湖江淮境。

丁未 1247年。 蒙古定宗二年。宋理宗淳祐七年。

五十八岁。春往雁门三泉,夏去真定(即镇阳,今正定),秋经彰
德游黄华谼谷、苏门,回忻州。

蒙古:春,张柔攻泗州。八月,命野里知吉带率撒里蛮部征西。
十月,括人户。

南宋:以赵葵为枢密使,督视江淮、京湖军马。

戊申 1248年。 蒙古定宗三年。宋理宗淳祐八年。

五十九岁。夏往南宫看望女、婿。秋绕道晋宁还忻州。

蒙古:三月,贵由卒,寿四十二。定宗皇后斡兀立海迷失抱曲出
子失烈门听政。诸王大臣不服。是年大旱,河水尽涸,牛马死
十之八九,诸王又遣使四处诛求,民不聊生。自壬寅以来,法
度紊乱。

南宋:襄赏泗州、四川战事有功者。

己酉 1249年。 蒙古海迷失后听政。宋理宗淳祐九年。

六十岁。夏去镇阳。秋,《中州集》以真定提学赵国宝资助刊
行。复至燕,冬至顺天(今保定市),还镇阳。第四子阿中生。

蒙古:拔泗州(《元史》卷一六五《孔元传》)。

南宋:赵葵为相兼枢密使。

庚戌 1250年。 蒙古海迷失后听政。宋理宗淳祐十年。

六十一岁。春还忻州,夏至镇阳,七月至顺天看《金实录》。回

时在鹿泉(今属河北石家庄市)购新居。择婿张兴祖。返忻
州。刘祁卒。

蒙古:忽必烈征魏璠至和林。璠条陈三十余事,举名士六十余
人,忽必烈嘉纳,后多采用(《元史》卷一六四《魏初传》)。

南宋:以贾似道为端明殿学士,两淮制置大使、淮东安抚使、知扬
州。以言者论赵葵非由科目进,葵力辞罢相。余玠出师兴元
(今陕西汉中),遇蒙古将,无功而还。

辛亥 1251年。　蒙古宪宗蒙哥元年。宋理宗淳祐十一年。

六十二岁。春,家居。夏往太原。九月至真定,冬至顺天,复返
忻州。十二月十八日为第四女配婿祭家庙。

蒙古:拖雷长子蒙哥六月即位于斡难河。罢筑和林。命皇弟忽
必烈总治漠南蒙古、汉地民户。姚枢见忽必烈。以僧海云掌
释教事,道士李真常掌道教事。凡朝廷及诸王大臣滥发牌印、
诏旨宣命尽收之。政始归一。

南宋:正月,诏沿海沿江州郡,申严水军之制。十一月,京湖制司
表都统高达等复襄、樊,诏立功将士三万二千余人各官一转,
犒师钱三百五十余万。

壬子 1252年。　蒙古宪宗二年。宋理宗淳祐十二年。

六十三岁。春往鹿泉。夏与张德辉北觐忽必烈,请忽必烈为儒
教大宗师,悦而受之。返忻,九月,经平定去真定。十月,应严
忠济之请去东平。冬,复至燕京。

蒙古:夏,分遣诸王于各所。定宗后斡兀立海迷失及失烈门母以
厌禳事觉,赐死。谪失烈门等于没脱赤。分汉地封宗属,忽必
烈尽有关中、河南之地。七月,命忽必烈征大理,诸王征身毒、
素丹诸国。诏谕南宋荆、襄、樊、均诸守将降。十月,命也古征
高丽。十二月,籍汉地民户,诸王旭烈卒。

南宋:正月,创置"游击军",水步各半。二月,蒙古兵数万攻随、
郢、安、复,京西马步军副总管马荣以兵不满千之师,与之大战
于严窦山、铜冶坪,三月又战于子陵大脊山,能御大难,爵赏
之。守三汊口诸将,焚北屯积蓄,断其浮梁。五月,诏申儆江
防(《宋史》卷四三《理宗三》)。

癸丑 1253 年。　蒙古宪宗三年。宋理宗宝祐元年。

六十四岁。春,自燕京返鹿泉,回太原视仲女严病。四月末返鹿
泉,复至燕,返忻。冬,应聘去东平。

蒙古:三月,攻海州。括斡罗思户口。六月,分诸路征西域。是
年,忽必烈征大理,平。

南宋:正月,立母弟嗣荣王与芮之子建安郡王赵孜为皇子,改赐
名禥。十四日,蒙古兵渡汉江,屯万州(今重庆万州区),入西
柳关。高达调将士扼河关,上山与蒙古军大战,诏升官两转。
五月,召余玠赴阙,六月,为资政殿学士。贾似道为资政殿大
学士。七月,余玠暴卒。

甲寅 1254 年。　蒙古宪宗四年。宋理宗宝祐二年。

六十五岁。正月,自东平返忻。六月,游五台山,作《台山杂咏
十六首》。七月,返忻,复往鹿泉。九月游鹿泉龙山。十月,
往东平。十二月,自东平经真定归秀容。

蒙古:忽必烈还自大理,入觐于猎所,十一月,忽必烈任畏吾人廉
希宪为京兆宣抚使,廉号称"廉孟子"。初籍新军。张柔军镇
戍淮南,宋数将来降。

南宋:正月,蒙古兵城利州、阆州。二月,诏太常厘正秦桧谥为
"缪狠"。三月,王元善使蒙古,留七年来归。闰六月,蒙古使
离扬州北归。以贾似道同知枢密院事,职任依旧。

乙卯 1255 年。　蒙古宪宗五年。宋理宗宝祐三年。

六十六岁。春去汴,复回秀容。夏以事往燕京,复回鹿泉。六月,受严忠济之聘,往东平校士(选拔优秀学生)。十一月,返鹿泉。

蒙古:春,诏征逋欠钱谷。九月,张柔立木栅于水中,以阻宋舟师之豫东。

南宋:二月,兼给事中王野以"国家与大元本无深仇,而兵连祸结,皆原于入洛之师轻启兵端"为由,乞罢全子才、刘澄之命、祠禄,"以为丧师误国之戒",诏从之。六月,贾似道调兵败李全子松寿。

丙辰 1256年。 蒙古宪宗六年。宋理宗宝祐四年。

六十七岁。九月二十六日挈家游龙泉。

蒙古:春,忽必烈奏请续签内郡汉军,从之。六月,以宋人违命囚使,议伐宋。冬,以阿木河回回降民分赐诸王百官。

南宋:四月,加贾似道参知政事。五月,赐礼部进士文天祥及第,理宗亲拔为第一,考官王应麟奏曰:"是卷古谊若龟鉴,忠肝如铁石,臣敢为得人贺。"五月,罗氏鬼国报蒙古将取道西南来攻,诏以银万两,使思、播部与罗鬼结约互援。

丁巳 1257年。 蒙古宪宗七年。宋理宗宝祐五年。

六十八岁。九月四日卒于获鹿寓舍。郝经料理丧事,以马舁归秀容,葬于韩岩村祖茔。

蒙古:春,诏诸王出师征宋。有人谮忽必烈得中土人心,罢忽必烈开府,命阿兰答儿行省事于京兆。忽必烈不乐。姚枢曰:"帝,君也。大王为皇弟,臣也。事难与较,远将受祸。莫若尽王邸、妃主自归朝廷,为久居谋,疑将自释。"九月,出师南征。宗王塔察儿率军围樊城,霖雨连月,乃班师。元帅卜邻吉得军自邓州略地,遂渡汉江。冬,宪宗蒙哥度漠南。

146

南宋:正月,贾似道进知枢密院事。二月,四川嘉定上战功。以贾似道为两淮安抚使。